A NONA CONFIGURAÇÃO

A NONA CONFIGURAÇÃO

William Peter Blatty

Tradução
Alyne Azuma

HarperCollins *Brasil*

Título original: The ninth configuration

Rua Nova Jerusalém, 345 – Bonsucesso – 21042-235
Rio de Janeiro – RJ – Brasil
Tel.: (21) 3882-8200 – Fax: (21)3882-8212/8313

CIP-Brasil. Catalogação na fonte
Sindicato Nacional dos Editores de Livros, RJ

B583n

Blatty, William Peter, 1928-
A nona configuração / William Peter Blatty; tradução Alyne Azuma. - 1. ed. - Rio de Janeiro: HarperCollins Brasil, 2015.
160 p. ; 23 cm.

Tradução de: The ninth configuration
ISBN 978.85.220.2990-7

1. História de suspense. 2. Ficção americana. I. Azuma, Alyne. II. Título.

CDD: 813
CDU: 821.111(73)-3.

Para Linda

Para atender aos propósitos desta história,
tomei algumas liberdades a respeito dos fatos;
por exemplo: não existem nem psiquiatras,
nem médicos na Marinha americana.

NOTA DO AUTOR

Quando eu era jovem e trabalhava impetuosamente e por necessidade, escrevi um romance chamado *Twinkle, Twinkle, "Killer" Kane*. Seu conceito básico foi, certamente, o melhor que já criei; mas o publicado, sem dúvida, não foi mais do que as anotações para um romance: alguns esboços, sem forma, sem acabamento, que careciam até de uma trama.

Mas a ideia era importante para mim; então, mais uma vez, escrevi um romance baseado nela. Desta vez sei que é o melhor que posso fazer.

Tenho neste reino alguns direitos jamais esquecidos.
— *Hamlet*, Ato V, cena 2

A nona configuração

UM

A mansão gótica era isolada, imensa, cercada por um bosque, grotesca. Incrustada sob as estrelas e o conjunto de pináculos como algo enorme e deformado, incapaz de se esconder, pronto para pecar. Suas gárgulas sorriam para a floresta densa, que cercava a propriedade por todos os lados, parecendo pressioná-la. Por um tempo nada se moveu. Veio o amanhecer. A luz fraca do sol de outono se infiltrou na manhã sepultada na melancolia das árvores, e a neblina surgiu das folhas mortas como almas moribundas, secas e fracas. Com a brisa, vinha o rangido de uma veneziana e o crocitar rouco de um corvo assombrado em uma planície longe dali. E, então, o silêncio. À espera.

A voz de um homem dentro da mansão soou com firme convicção, assustando uma pequena garça do fosso.

— Robert Browning teve gonorreia, e ele a pegou de Charlotte e Emily Brontë.

Um segundo homem, com raiva, gritou:

— Cutshaw, cale a boca!

— Ele pegou das *duas*.

— *Cale a boca, seu doente!*

— Você não quer ouvir a verdade.

— Krebs, toque de recolher! — ordenou o homem raivoso.

Então, um clarim militar rasgou o ar, atravessando a neblina, e uma bandeira americana, tremulando desafiadora, foi hasteada em um mastro, no alto de uma torre. Vinte e sete homens de farda verde irromperam como estilhaços da mansão e avançaram até o centro do pátio, murmurando e resmungando, dobrando o cotovelo, pela direita, perfilando-se, formando uma fila militar. Acima do brim, alguns traziam uma rapieira e brincos dourados; da cabeça de outro vicejava um chapéu de pele de guaxinim. Xingamentos flutuavam como faíscas no vapor:

— Oh, oh, oh, rapazes! Vamos, vamos, vamos!

— Sabe, você podia tomar um banho, francamente.

— Vá para o *inferno*!

— Cuidado com o cotovelo!

Um homem com um vira-lata desgrenhado nos braços surgiu no centro da fila, e gritou:

— Minha capa! Vocês viram minha capa?

— Diabos, o que é uma capa? — rosnou o que trazia uma espada.

— Pano, porra.

— Pano?

— Pano puro, porra.

— Que país é este? — perguntou um homem no fim da fila.

Um sujeito loiro os confrontou de modo brusco. Ele usava um par de Keds pretos esfarrapados e sujos, com o dedão do pé esquerdo aparecendo por um buraco, e sobre o uniforme ele exibia um suéter da New York University: na manga de um braço, listras, e, na outra, um *patch* de astronauta da NASA.

— Atenção! — ordenou com autoridade. — Sou eu, Billy Cutshaw!

Os homens obedeceram e em seguida levantaram o braço com firmeza, fazendo a saudação da Roma antiga.

— Capitão Billy, deixe-nos servi-lo! — gritaram para a neblina; depois, baixaram o braço e ficaram imóveis, em silêncio, como condenados aguardando o julgamento.

O olhar de Cutshaw passou rapidamente por eles, imponente e misterioso, luminoso e profundo. Finalmente, falou:

— Tenente Bennish!

— S'or!

— Você pode dar três passos de gigante e beijar a barra da minha roupa!

— S'or!

— A barra, Bennish, lembre-se, a barra!

Bennish deu três passos pra frente e bateu os calcanhares ruidosamente. Cutshaw o mediu com reserva.

— Excelente forma, Bennish.

— Muito obrigado, senhor.

— Não infle a porra do seu ego. Não há nada pior do que *presunção*.

— Sim, senhor. O senhor já disse isso muitas vezes.

— Eu sei, Bennish.

Cutshaw o atravessava com o olhar, como se procurasse sinais de insolência e ultraje, quando o homem com a espada gritou:

— Aí vêm os *homi*!

Os homens começaram a vaiar quando, num passo furioso, veio marchando a figura militar engomada de um major fuzileiro naval. Cutshaw correu para a fila e, acima das vaias, o homem com a espada gritou para o major:

— Onde está meu anel decodificador de Ho Chi Minh? Eu mandei os malditos cupons, Groper; onde diabos está o...

— *Silêncio!* — reprimiu Groper. Seus pequenos olhos ardiam em um rosto que parecia carne martelada embelezada com um corte de cabelo militar. Era corpulento e tinha uma larga estrutura óssea.

— Esquisitos de merda, universitários amarelos imbecis metidos a espertos! — rosnou.

— É *assim* que se fala — murmurou alguém na formação.

Groper percorreu a fileira de homens, mantendo sua grande cabeça baixa, como se estivesse pronta para atacá-los.

— Quem diabos vocês acham que enganam com essa atuação espalhafatosa? Bem, más notícias, garotos. Que pena. Adivinhem quem vem assumir o comando semana que vem! Vocês conseguem adivinhar, garotos? Hein? Um *psiquiatra*!

De repente, ele estava urrando e tremendo com uma raiva incontrolável.

— Isso mesmo! O melhor! O melhor entre os fardados! O melhor filho da puta desde Jung! — pronunciou o "j".

Começou a respirar pesadamente, reunindo ar e controle.

— Terapeutas de combate filhos da puta! Ele vem descobrir se vocês são maníacos de verdade! — Groper sorriu, com os olhos brilhando. — Não são ótimas notícias, garotos?

Cutshaw deu um passo à frente:

— Será que podemos parar com essa baboseira de "garotos", major, por favor? Fica parecendo que somos *cocker spaniels* e o senhor é o pirata de *Tortilla Flat*. Podemos...

— *Volte para a fila!*

Cutshaw apertou uma buzina com a mão, que tinha o tamanho de uma bola de beisebol. Fez um barulho desagradável e estridente.

Groper chiou:

— Cutshaw, o que temos aqui?

— Uma sirene de nevoeiro — respondeu Cutshaw. — Juncos chineses foram vistos nesta área.

— Um dia eu vou quebrar sua coluna, eu juro.

— Um dia eu vou embora de Fort Zinderneuf, estou ficando cansado de carregar corpos.

— Eu queria que tivessem arrebentado você no espaço — disse Groper.

Os homens começaram a chiar.

— Quietos! Groper gritou.

Os chiados se tornaram mais altos.

— Nisso vocês são bons, não é, suas cobrinhas nojentas?

— Bra-*vo*! Bra-*vo*! — elogiou Cutshaw, liderando os homens em um aplauso educado. Outros se juntaram aos elogios:

— Bela imagem.

— Esplêndido, Groper! Esplêndido!

— Só mais uma coisa, senhor — Cutshaw começou a falar.

— O quê?

— Enfie um abacaxi no cu — Cutshaw desviou o olhar. E teve um pressentimento. — Alguém está chegando — disse.

Foi uma prece.

DOIS

Os problemas começaram com Nammack. Em 11 de maio de 1967, Nammack, um capitão da Força Aérea dos Estados Unidos, estava pilotando um B-52 em um bombardeio rumo a Hanói quando seu copiloto reportou um problema hidráulico. O piloto, em ato contínuo, levantou-se em silêncio, tirou seu capacete para grandes altitudes e disse, com calma e confiança:

— Parece um trabalho para o Super-Homem.

O copiloto assumiu o controle. Nammack foi hospitalizado e manteve sua ilusão de que tinha poderes sobre-humanos e não podia ser totalmente curado "sem kriptonita". No entanto, testes e avaliações psiquiátricos chegaram à impressionante conclusão de que ele não podia ser considerado psicótico. Até o momento de se levantar no *cockpit*, aliás, todas as evidências sugeriam que sua psique e suas emoções eram bastante fortes.

Nammack foi o primeiro. Logo depois, muitos outros o seguiram: oficiais militares manifestando distúrbios mentais súbitos, geralmente envolvendo alguma forma de obsessão drástica e bizarra. Em nenhum dos casos havia um histórico de desequilíbrio mental ou emocional.

Autoridades do governo ficaram chocadas e cada vez mais preocupadas. Os homens estariam fingindo? Notou-se que o caso de Nammack ocorreu pouco depois que o capitão Brian Fay, um fuzileiro naval que se recusou a entrar na zona de combate, foi sentenciado a anos de trabalho forçado. A guerra era controversa, e a maior parte dos homens envolvidos estava em combate ou agendados para entrar em combate. A suspeita de que as doenças fossem fingimento era inevitável.

Mas havia problemas com tal conclusão. Alguns dos homens não estavam envolvidos em uma situação relacionada ao combate, e muitos dos que estavam haviam sido condecorados por bravura. Por que eram todos oficiais? Por que a maioria dos casos envolvia uma obsessão? A suspeita sombria de um ofício da Casa Branca sugeria um culto clandestino de oficiais cujos propósitos eram desconhecidos, mas potencialmente perigoso. Diante do enigma, não era difícil alimentar esse tipo de ideia.

Para investigar o mistério e — se indicado — buscar sua causa e sua cura, o governo estabeleceu o Projeto Freud, uma rede secreta de retiros militares nos quais os homens eram escondidos do público e estudados. O último desses foi o Centro Dezoito. De natureza altamente experimental, sua base era uma mansão nas profundezas de uma floresta de abetos e pinheiros perto da costa do estado de Washington. Construída para fazer jus ao castelo medieval que foi morada de seu marido alemão, o Conde de Eltz, a mansão pertencia a Amy Biltmore, que a abandonou muito antes de emprestá-la aos militares, no outono de 1968. Agora ela estava sendo ocupada por uma equipe mínima de fuzileiros e 27 internos, todos oficiais: alguns fuzileiros navais, outros antigos tripulantes de B-52 e um ex-astronauta, o capitão Billy Thomas Cutshaw, que abortara uma missão para a lua durante a contagem final de uma forma tão extraordinária que somente quem estava presente poderia acreditar.

Para Cutshaw e os demais no Centro Dezoito o Pentágono nomeou um brilhante psiquiatra fuzileiro conhecido por sua singular abertura mental e seu impressionante sucesso com métodos muitas vezes inovadores: o coronel Hudson Stephen Kane. Alguém que atendia por esse nome de fato apareceu no centro em 17 de março, apenas algumas semanas após a recaptura de Hué. O major Groper, ajudante no centro e temporariamente no comando, estava, naquele momento, confrontando os internos no pátio e, quando viu o carro oficial se aproximando, imaginando que o ocupante seria o coronel Kane, amaldiçoou o fato do homem ter chegado durante a formação matinal, quando os internos estavam sempre em seu pior momento. Como piolhos febris, eles haviam corrido para o centro do pátio da mansão — todos menos Fairbanks, aquele que tinha um florete e que havia revisto suas opções naquela manhã e decidido descer para a formação com uma corda presa à torre da mansão. Agora estavam participando de um jogo inventado por Cutshaw chamado "Falar em línguas", em que cada homem desembuchava alguma loucura críptica a plenos pulmões, exceto Reno, o interno com o cachorro. Reno olhava para frente em transe enquanto cantava "Let Me Entertain You". O cachorro parecia amedrontado pelos gritos alienígenas.

— Meu Deus — reclamou Groper para a poeira a seus pés e, então, vociferou: — Atenção! Calem a boca, seus animais! Calem a boca e entrem em formação! *Formação*!

Os internos o ignoraram.

O carro parou próximo à entrada da mansão. O sargento motorista abriu a porta para o homem no banco de trás, um coronel fuzileiro que emergiu e ficou parado em silêncio, observando Groper e os outros internos. O coronel era alto e de robusta constituição, tinha feições duras que eram, de alguma forma, gentis. Só se via movimento em seus olhos: pontos esverdeados girando delicadamente em piscinas castanhas. Havia tristeza neles.

— Cavalheiros, posso ter a atenção dos senhores por um momento? — A voz rouca de Groper era untuosa.

Os internos continuaram o jogo. O coronel os observou, com o rosto indecifrável, e em seguida virou a cabeça para o lado. Ao seu lado, vestindo uma camisa de gabardine passada à perfeição e uma calça da farda B, estava um fuzileiro naval de aparência sombria com a insígnia dos médicos e as folhas de coronel no colarinho. Na sua mão havia um estetoscópio. Ele olhava para os internos e balançava a cabeça.

— Pobres idiotas — murmurou. Então, olhou para o coronel. — Kane?

O coronel assentiu com um meneio de cabeça.

— Sou o coronel Fromme, o médico-chefe. Muito feliz de tê-lo conosco. Toda ajuda que eu puder ter é bem-vinda. — Ele olhou para os internos que ainda estavam fora de controle. — Jesus, eles estão realmente fora de si.

— O senhor poderia me indicar meu alojamento? — perguntou Kane.

— É só seguir a estrada de tijolos amarelos.

Kane o encarou.

— Tenente Fromme, entre em *formação*! — rugiu Groper olhando para o homem com o estetoscópio.

— Fromme, seu maníaco! — Veio o grito de um homem sem calças saindo pela porta da frente da mansão. — Devolva minha calça e meu estetoscópio, merda!

O homem marchou na direção de Kane e Fromme.

Um sargento impassível, impecavelmente uniformizado, surgiu diante de Kane e o saudou com presteza.

— Sargento Christian se apresentando, senhor!

— Já não era sem tempo, Kildare! — Fromme cumprimentou o sargento secamente. E apontou um dedo para Kane. — Santo Pai! Leve este homem para cirurgia, ou você está planejando deixá-lo sangrar até a morte enquanto você e seus amigos brincam de soldado? Que diabos é isso, pelo amor de Deus, um hospital ou um manicômio?

Enquanto Fromme terminava de falar, o sargento Christian o escoltava à força. Nesse meio tempo, o homem sem calças chegou e, passando por Fromme, rapidamente pegou o estetoscópio enquanto gritava para o sargento Christian:

— Desta vez não o deixe amarrotar a calça!

Em seguida, virou para Kane e fez uma saudação.

Por um instante, uma expressão estranha passou pelo rosto de Kane, e o homem exclamou:

— Vincent!

Kane voltou à impassibilidade anterior:

— O que você disse? — perguntou.

— Você é idêntico ao Vincent van Gogh. Ou isso ou uma cotovia em um campo de trigo; não tenho certeza. É bem parecido. Sou o coronel Richard Fell. Sou o médico.

Kane o observou. Um homem atarracado na casa dos quarenta com olhos felizes e astutos em um rosto desanimado, ele oscilava de leve de um lado para o outro, e a mão que levantou para bater continência foi a que segurava o estetoscópio.

— Coronel Fell, o senhor andou bebendo? — A voz de Kane era suave e gentil, despida de qualquer vestígio de acusação.

— O quê? Fardado? — Fell olhou feio. — Ele está com minha última calça de gabardine — explicou. — Todas as outras estão na lavanderia, e, coronel, se estiver planejando que eu mantenha esta continência por muito mais tempo, por favor, telefone para o Hospital Memorial e diga que o doador do braço está pronto para o transplante. Estou esperando que o meu caia a qualquer...

Kane retribuiu a continência.

— Obrigado. O senhor é um príncipe neste reino, senhor, eu juro.

Outro sargento, repleto de sardas, surgiu diante de Kane e bateu continência.

— Sargento Krebs se apresentando, senhor.

— O senhor pode me levar ao meu alojamento?

— Provavelmente — murmurou Fell, arrotou e desviou o olhar. Então, inexplicavelmente, deu meia-volta e foi embora.

Por um instante, Kane o observou. Em seguida, ele acompanhou Krebs, que passou pelos internos e o levou para a entrada da mansão.

Os pacientes continuaram tagarelando. Groper implorou pela atenção deles. Ele havia sido preterido duas vezes para promoção; apenas se obtivesse o conceito "extraordinário" em sua próxima avaliação de eficiência teria alguma chance de não morrer nessa patente. Ele olhou feio para os internos.

— Pelo amor de Deus, *quietos*! — vociferou.

— Groper, você precisa dizer "o mestre mandou"! — instruiu Cutshaw.

Groper rosnou:

— O mestre mandou: atenção!

Os homens prestaram atenção instantaneamente e ficaram em silêncio, todos menos o que tinha um brinco e a espada, que começou a recitar os direitos de Groper:

— Você tem o direito de permanecer calado — começou a repetir.

A sondagem de Kane passou por todos os homens do grupo. Então seu olhar parou nos olhos azuis e fixos de Billy Cutshaw, que o encaravam com atenção.

Kane retribuiu a continência de Groper e foi até a entrada da mansão. Lá, ele virou. Os olhos do capitão Cutshaw ainda o seguiam. Os dedos grandes e duros de Kane roçaram de leve o próprio rosto, recordando uma lembrança, algo feio, que um cirurgião plástico coreano havia eliminado anos antes: uma queimadura que ia do olho até a base do maxilar.

Ele entrou.

Mais tarde, Groper estava ruminando em seu escritório, indo da fúria até um desânimo sombrio. O 11° oficial americano mais condecorado na Segunda Guerra Mundial, premiado muitas vezes por bravura na Coreia, Groper ascendeu muitas vezes entre as patentes, começando com uma missão em campo durante a Batalha do Bulge. Sua carreira agora era uma promessa gasta, desbotada e não cumprida, e sua vida pessoal era um poço de rejeições. Nada dentro dele havia crescido, além da raiva. E agora ele odiava os internos. E Kane, diante de quem havia sido humilhado.

Kane. Havia algo estranho nele, pensava Groper. Mas não sabia dizer exatamente o quê. Algo deslocado, porém familiar.

Algo que o deixava desconfortável.

TRÊS

A clínica de Fell exalava desafio. Nas paredes, setas grossas feitas com giz de cera vermelho-vivo indicavam potes contendo "Aspirina", "Band-Aids", "fio dental" e "pastilhas de limão". Outra indicava a "caixa de sugestões" e, acima de tudo, uma inscrição principal, em verde, anunciava: "*SELF-SERVICE*".

Fell estava de pé ao lado de um esqueleto pendurado próximo à sua mesa. Ele virou uma garrafa de uísque que havia sido colocada na base do crânio para que o conteúdo passasse pelo espaço onde alguns dentes estavam faltando, despejando o líquido na caneca de café que ele segurava embaixo do gargalo.

— Não me culpe — murmurou. — Eu *disse* para não operarem.

Tomou um gole de café com uísque e fez uma careta; depois pegou uma pilha de pastas de sua mesa e foi para o *hall* principal da mansão.

Como o exterior, o *hall* era uma mistura de estilo tudoriano e gótico, enorme e imponente, com paredes de pedra e um teto com pé-direito alto que o fazia parecer uma catedral atravessada por vigas. Dando a volta no *hall* havia uma série de cômodos usados como escritório do comandante, do auxiliar, clínica, uma área de serviço e um dormitório para os internos. Colado em uma parede, ficava um pôster ampliado do filme *Drácula*, com a legenda "Terror sangrento da Transilvânia". Do outro lado, uma escada em espiral levava a um andar superior, onde os funcionários estavam aquartelados. O centro do *hall* principal no andar de baixo era usado como sala de terapia para internos. Ele estava cheio de poltronas, tabuleiros de xadrez, mesas de pingue-pongue, um aparelho de som, um telão e projetores para exibir filmes, máquinas de café, refrigerantes e cigarros, escrivaninhas, revistas, telas penduradas em cavaletes, cheias de vida com as pinturas dos internos. Nenhuma estava de fato finalizada. Cada uma era um conto de terror interrompido abruptamente no meio da narrativa. Uma delas trazia um indicador apontado para cima, atravessado por uma agulha, pingando sangue. Outra exibia uma árvore, com as extremidades de seus galhos metamorfoseados no corpo enrolado de uma jiboia esmagando a cabeça de um menino; o criador a chamou de *Amor materno*. Outras ainda eram infinitamente cheias de informações e detalhes caóticos, no entanto, executadas com uma precisão delicada, de modo que em uma única pintura fosse possível identificar uma britadeira, parte de um braço e um trem passando, as engrenagens de um torno mecânico, um olho sombrio, um Cristo negro, um machado ensanguentado, uma bala em movimento, uma criatura metade lagarto, metade homem. Uma pintura mostrava uma cidade em chamas, com nuvens de fumaça preta subindo, enquanto acima da cena, quase microscópico, passava um bombardeiro prateado atravessado por uma lança; na fuselagem, em vermelho, estava escrito "ME", com letras pequenas.

Fell olhou ao redor do *hall*. Estava estranhamente quieto e vazio. Ele foi até o escritório de Kane, abriu a porta e entrou.

Kane estava desempacotando alguns livros de uma grande valise sobre a mesa. Estava de costas para Fell, mas, quando a porta se abriu discretamente, ele se virou com uma agilidade elegante.

— Como você está? — perguntou Fell, fechando a porta.

— Você planeja se vestir? — devolveu Kane a pergunta. Fell ainda estava sem calças.

— Como diabos eu posso me vestir se o tenente Fromme não entrega minha calça? — respondeu. — Você não quer que eu a recupere à *força*!

— Não, não podemos ser repressores — disse Kane.

— Não podemos amarrotar as calças!

— Claro.

A voz de Kane era gentil, como se todo ser vivo fosse seu paciente. Ele tirou mais livros da mala e foi até a estante na parede em que uma bandeira americana estava pendurada na diagonal onde antes havia uma lança medieval. A sala havia sido um gabinete. Estava coberta por pesados painéis de carvalho escuro, e havia animais empalhados com expressão taciturna pendurados no alto. Só a bandeira parecia pertencer ao presente; ela e, na parede atrás da escrivaninha, fotos do presidente Lyndon Johnson e do chefe do Estado-Maior Conjunto das Forças Armadas, em molduras iguais e em poses que sugerem que os dois não estavam mais se falando.

— Aqui — disse Fell, jogando as pastas sobre a mesa. — Um presente para você: o histórico dos homens.

O olhar de Fell recaiu por acaso em um livro na valise de Kane. Era um Missal Romano. Por um breve instante ele ponderou suas implicações, então voltou a olhar para Kane.

— Posso lhe dar um conselho? — perguntou Fell.

A porta do escritório se abriu, se chocando contra a parede com tanta força que soltou gesso do teto.

— Posso entrar? — disse Cutshaw, o astronauta. Ele bateu a porta e marchou na direção de Kane. — Meu nome é Billy Cutshaw — anunciou com um tom ameaçador. — Então você é o garoto novo.

Kane terminou de colocar os livros nas prateleiras e virou.

— Sim. Sou o coronel Hudson Kane.

— Devo chamá-lo de Hud?

— Por que não me chamar de coronel?

— Você vai abrir um KFC aqui?

— O coronel Kane é psiquiatra — interveio Fell, desabando sobre um banco perto de uma grande janela saliente.

— Claro. E me disseram que você era médico — Cutshaw retrucou. E apontou para Fell: — Esse homem trata a acne dos crocodilos. Ouça, faça as malas e vá embora, Hud! Estou cagando se você é a Shirley MacLaine! Estou cumprindo a ordem de informar que você está de saída! Ande! Mexa seu traseiro!

Ele derrubou a mala de Kane da mesa.

Kane olhou calmamente.

— Alguém "deu ordens" a você? — perguntou. — *Quem* deu ordens a você, Cutshaw?

— Forças invisíveis numerosas demais para contar. Verifique o arquivo; está tudo no arquivo! — Cutshaw havia juntado os dossiês sobre a mesa e estava rapidamente lendo os nomes na capa, jogando uma pasta após outra no chão. — Está tudo no arquivo — anunciou animado. — Sob o título "Vozes Misteriosas" Joana D'Arc *não* era louca, apenas tinha uma audição muito sensível. — Ele jogou todas as pastas menos uma. — Rá! Aqui está! O meu arquivo. Este aqui. Pronto, leia, Hud. Leia em voz alta. É a minha terapia.

— Por que nós não...

— Leia ou eu vou enlouquecer, merda! Eu juro! *E você será o responsável!*

— Certo, Cutshaw — disse Kane, tomando a pasta da mão do astronauta. — Sente-se.

Cutshaw se jogou sobre Fell e sentou em seu colo. Algo foi esmagado. Ele comentou:

— Acho que o fim do mundo acabou de chegar para o saco de salgadinhos fritos que estava no meu bolso.

Fell continuou olhando para sua caneca de café, com a expressão impassível.

— Você pode, por favor, dizer a Fromme que eu gostaria de ter minhas calças de volta? — pediu ao astronauta.

— Olhai os lírios do campo. — Em seguida, Cutshaw saltou do colo de Fell e foi direto para uma cadeira de madeira e encosto reto perto da mesa. E olhou fixamente para Kane.

— Estou esperando — anunciou.

Kane começou a ler:

— ...Cutshaw, Billy Thomas, capitão, oficial dos fuzileiros navais americanos...

Cutshaw acompanhou em silêncio, formando as palavras com a boca enquanto Kane continuava lendo em voz alta:

— ...Dois dias antes do lançamento espacial programado, o oficial paciente, enquanto ceava na base, foi visto pegando uma garrafa plástica de *ketchup*, formando uma linha vermelha e fina no pescoço, para em seguida cambalear e cair pesadamente sobre uma mesa ocupada pelo diretor da NASA gorgolejando: "Não... peça... o peixe-espada."

Seguiu-se um silêncio de diversos segundos. Os olhos de Kane estavam fixos no arquivo. Fell tirava fiapos da própria camisa.

A mão de Cutshaw voou até a medalha pendurada no próprio pescoço.

— Você está olhando para minha medalha! — disparou para Kane. — Pare de olhar para a minha medalha!

— Não estou olhando.

— Está, sim! Você a quer!

Kane olhou para o arquivo. E, mais uma vez, começou a ler:

— Na manhã seguinte...

— Não é linda?

— É, sim...

— Filho da puta! Eu sabia. Você estava olhando para ela!

— Desculpe.

— Claro que você está se desculpando! De que adiantam "desculpas"? O dano está feito, seu porco invejoso! Como posso *comer* agora, como posso *dormir*?! Serei uma pilha de nervos agora, esperando um coronel cleptomaníaco e ganancioso aparecer sorrateiramente na beira da minha cama para levar minha medalha!

— Se eu fosse fazer isso — disse Kane, calmamente —, você estaria acordado.

— Drogas poderosas podem ser colocadas sorrateiramente na minha sopa.

Os olhos de Kane passearam por ele, em seguida voltaram para o dossiê.

— Na manhã seguinte, às 5h, o oficial paciente adentrou sua cápsula espacial, mas, ao receber instruções da torre de controle para começar a contagem, ouviu-se "Estou farto de ser usado!" Enquanto era removido da cápsula, o paciente oficial calmamente anunciou que, se "indicado", ele "não fugiria e, se eleito, passaria meu mandato no gabinete vomitando". Mais tarde, ele manifestou "sua profunda convicção" de que ir à lua era "perverso, tosco e, em todo caso, ruim para minha pele".

Os esforços de Fell para conter o riso atraíram um olhar furioso de Cutshaw.

— Qual é o problema? Você acha isso engraçado? — Cutshaw saltou da cadeira e começou a arrancar os livros das prateleiras e jogá-los no chão. — Faça as malas e vá embora, Hud! Para mim, chega! — Então ele parou e olhou para a capa do livro que tinha nas mãos. — Que diabos é isto: Teilhard de Chardin? — Olhou com surpresa para os demais títulos da prateleira. — *Douay Bible, Thomas à*... — Cutshaw balançou a cabeça, foi até Kane e disse: — Onde vês um católico, vejo um viciado.

Em seguida, rasgou a manga da camisa do psiquiatra do punho até o ombro e inspecionou seu braço. Finalmente, virou para Fell e franziu a testa:

— Os buracos de agulha dele estão muito bem escondidos — acusou.

Kane indagou em voz baixa:

— Por que você não vai à lua?

— Por que camelos têm corcovas e cobras não? Santo Deus, homem, não peça razões ao coração! Razões são perigosas! A verdade é que Custer chamou Touro Sentado de *cucaracho*. E então, não está feliz em ter descoberto isso?

— Por que não vai? — Kane insistiu.

— Por que eu deveria? Que diabos tem lá?

— Quando Cristovão Colombo partiu de navio da Espanha, será que ele sonhou que encontraria a América?

— Tudo com que ele sonhava eram bússolas. O idiota começou procurando a Índia e acabou fincando a bandeira em Pismo Beach.

— É...

— Hud, eu *vi* as pedras lunares! Elas têm pequenos cacos de vidro dentro. Não é interessante?

— Você ainda não me deu uma razão, Cutshaw.

— Apenas imbecis dançam depois do jantar — entoou Cutshaw. — *Sheiks* dormem.

— O que isso quer dizer? — inquiriu Kane.

— Como *eu* vou saber? — gritou Cutshaw, na defensiva. — As *vozes* me mandaram dizer isso!

— Cutshaw...

— Espere um minuto, espere, espere, espere! — O astronauta sentou na cadeira de novo enquanto sua mão foi parar na sobrancelha. Ele apertou os olhos com força enquanto pensava. — Estou recebendo uma mensagem do plano astral. É Átila, o Huno. Ele quer saber se você aceita a ligação a cobrar.

— Não — respondeu Fell.

— Diga *você* para ele!

A porta se abriu.

— Dr. Fell, preciso de atenção.

Um interno de boina estava parado na porta. Em uma mão ele trazia uma paleta, na outra, um pincel.

— Qual é o problema? — perguntou Fell.

— Ninguém menos que Leslie! Sempre Leslie!

— Capitão Leslie Morris Fairbanks — informou Fell a Kane.

O boina tremeu de fúria.

— *Mais uma vez* ele me deu a maldita Marca de Fairbanks. Veja! — O homem fez uma careta e virou: — Estou sangrando!

Não estava. Mas nos fundilhos de suas calças havia um rasgo com um F bem visível.

— Esse ferimento foi autoinfligido? — perguntou Fell, mas o interno olhava para Kane.

— Você é o coronel Kane?

Kane assentiu.

— Encantado. Sou Michelangelo Gomez — disse e, chegando mais perto do psiquiatra, esfregou o pincel na paleta, emendando: — Suas cores são biliosas.

— Cuidado! — gritou Fell, mas era tarde demais: em um movimento ágil, Gomez passou tinta vermelha nas duas faces de Kane.

— Pronto! — exclamou Gomez satisfeito. — Não é um *O retrato de Jennie*, mas, pelo menos, não é mais *Dorian Gray*! — Em seguida, levantou o pincel numa saudação e disse: — *Ciao!* — E saiu.

Kane ouviu uma respiração pesada. Cutshaw estava parado a centímetros de distância, encarando-o com um olhar louco, brilhante e arregalado.

— Certo, agora estou pronto para meu teste de Rorschach — anunciou. Pegou a cadeira, e arrastou até a mesa, sentou e olhou ansioso. — Vamos lá.

— Você quer um teste de Rorschach? — perguntou Kane.

— Que diabos! Estou falando sozinho? Quero agora, enquanto você está com essas bochechas coradas.

Kane limpou o rosto com um lenço. — Não temos cartões de Rorschach.

— Como não? Dê uma olhada na gaveta — indicou Cutshaw.

Kane abriu a gaveta e pegou uma pilha de cartões de Rorschach. — Muito bem — disse, sentando atrás da mesa. — Sente-se.

Fell se aproximou da mesa para observar.

Kane mostrou um cartão, e o astronauta aproximou o rosto, com os olhos apertados de concentração enquanto analisava a mancha de tinta.

— O que você vê? — perguntou Kane.

— Minha vida toda passando por mim em um instante.

— Por favor.

— Certo, certo, certo... Eu vejo uma senhora muito idosa usando roupas engraçadas e atirando dardos envenenados em um elefante.

Kane substituiu o cartão por outro.

— E este?

— Kafka conversando com um inseto.

— Correto.

— Você é um merda, sabia disso?

— Achei que fosse Kafka — interveio Fell, observando o cartão com interesse.

— Você não saberia a diferença entre Kafka e Bette Davis — acusou Cutshaw. — E você é um doente mental — disse a Kane.

— Sim, talvez eu seja.

Cutshaw se levantou e disse:

— Bastardo servil. Você sempre puxa o saco dos malucos?

— Não.

— Eu gosto de você, Kane. Você é razoável.

Cutshaw arrancou a medalha e a corrente do pescoço e jogou sobre a mesa. — Aqui está, fique com a medalha. Eu fico com o livro.

Cutshaw pegou *A minha fé*, de Teilhard de Chardin.

— E você vai se comportar por uma semana? — perguntou Kane.

— Não. Sou um mentiroso incorrigível. — O astronauta foi até a porta e a abriu com tanta força que o impacto soltou gesso do teto. — Posso ir? — A voz dele tinha uma sinceridade infantil.

— Pode — respondeu Kane.

— Você é um homem muito sábio, Van Helsing, para alguém que viveu apenas uma vida — retrucou Cutshaw, em uma imitação do Drácula. Então, atravessou a porta a passos largos e sumiu de vista.

Kane pegou a medalha.

— São Cristovão — murmurou.

— Que nos proteja — emendou Fell.

Kane virou a medalha e disse, com a voz impassível:

— Tem alguma coisa gravada na parte de trás.

— *Ora pro nobis?*

— "Sou budista. Em caso de acidente, chame um lama."

Fell não teve reação. E pegou um livro do chão.

— Qual é a religião de Cutshaw? — perguntou Kane.

— Não sei. Leia o arquivo; está tudo no arquivo. — Então Fell olhou para o título do livro que havia apanhado. *Psicologia elementar*. Folheou as páginas, notando algumas anotações nas margens e alguns grifos pesados.

Kane pegou o livro das mãos de Fell e o levou para a estante. De algum lugar da mansão, a voz de um interno gritou:

— Malditos venusianos! *Aprumem-se!*

— Você é um homem de sorte, Kane — suspirou Fell.

— Sou?

— Bem, você é um em um milhão, não acha? Um homem cujo serviço lhe foi designado corretamente?

— E você não?

— Sou pediatra.

— Entendo — comentou Kane, guardando os livros.

— Oh, não vamos nos empolgar, coronel. Vá com calma!

Fell abaixou para pegar alguns papéis.

— Estamos todos deslocados — murmurou Kane.

— O que você disse? Não entendi — disse Fell, olhando para cima.

Kane interrompeu a tarefa, o rosto nas sombras.

— Antes de Pearl Harbor, eu achava que ia me tornar padre. Estamos todos deslocados, de um jeito ou de outro. O simples fato de nascer neste lugar... — Ele deixou a frase no ar.

Fell esperou, alerta e observando com atenção; seu comportamento fanfarrão havia desaparecido. Uma inteligência aguda brilhou em seus olhos, um quê de solidariedade.

— Como? — instigou.

— Não sei — disse Kane, com o rosto ainda escondido. — Penso nas doenças, nos terremotos, nas guerras. — Então abaixou a cabeça. — Na morte dolorosa. Na morte das crianças. Crianças com câncer. Se são apenas partes de um ambiente natural, por que nos aterrorizam tanto? Por que pensamos nelas como o mal a menos que... estejamos programados. — Ele procurou a palavra. — Para outro... lugar. — A voz de Kane parecia distante. — Talvez a consciência seja nossa memória de como as coisas eram. Apenas imagine que não evoluímos; que estamos retrocedendo... cada vez mais alienados. — Nesse momento, Kane parou.

— Do quê?

— Psiquiatras não devem dizer "Deus".

— Pode apostar que não; isso vai para o seu registro. Continue.

— Talvez todo o mal seja uma frustração, uma separação de onde deveríamos estar — continuou Kane. — E talvez a culpa seja só a dor da separação, aquela... aquela solidão em relação a Deus. Somos peixes fora d'água, Fell; talvez seja por isso que homens ficam loucos.

Por um tempo fez-se silêncio. Quando Kane falou de novo, sua voz foi um sussurro.

— Não acho que o mal surja da loucura. Acho que a loucura surge do mal.

Uma calça de gabardine entrou voando na sala e atingiu Fell no peito.

— Bem, aqui está minha calça — declarou, sem emoção.

Cutshaw estava parado na porta. — Fromme decidiu doar todos os seus bens para os pobres de mente.

Ele lançou um olhar feio para Fell e desapareceu.

Um vira-lata desgrenhado e de aparência duvidosa entrou animadamente na sala, foi até a mesa e a farejou.

— O que é isso? — perguntou Kane.

O cão levantou uma perna e urinou.

— Acho que é um cachorro — respondeu Fell.

O cão cravou os dentes na barra da calça de Fell, rangeu, puxou, e Fell puxou de volta.

— Porcaria, *a calça, não*! — gritou.

De repente, o cachorro soltou a mordida, disparou na direção de Kane e se escondeu atrás dele quando um interno com jeito travesso irrompeu na sala. Ele vestia uma capa preta e esfarrapada sobre sua farda verde e imunda. O homem foi na direção do cachorro.

— Então *aqui* está você, seu vagabundo!

Groper entrou correndo e segurou o interno. — Sinto muito, coronel Kane — disse. — É difícil controlar esses...

— Solte-o, por favor — pediu Kane.

— Senhor?

— Solte-o — repetiu. Sua voz estava tranquila, mas Groper se sentiu inexplicavelmente ameaçado. E relaxou a mão. Kane acrescentou: — Eles podem me ver sempre que precisarem.

— Ouviu? — disse Reno, satisfeito, fixando um olhar intenso em Groper.

— Como quiser, coronel Kane — murmurou Groper.

Então ele deu meia-volta e saiu rapidamente, feliz por ter escapado.

— Esse homem é um lunático e perigoso — resmungou Reno.

— Tenente David Reno, coronel Hudson Kane — os apresentou Fell, colocando um braço ao redor do ombro de Reno. — Reno é um navegador. B-52s. E, apertando o ombro com um gesto de camaradagem, emendou: — Certo, meu chapa?

— Vá se foder. — Reno encarou Fell com desdém.

— Esse cachorro é seu? — perguntou Kane, olhando para baixo.

— Ele parece ser minha zebra? Jesus, *que diabos* há de errado com vocês?

O cachorro estava lambendo o sapato do psiquiatra. Reno apontou:

— Olhe só, acho que ele gostou de você.

— Do que você o chama?

— Irresponsável. Ele está dez minutos atrasado para o ensaio. Agora, *fora*! — Reno deu a ordem para o cachorro com irritação.

O animal saiu da sala com um ar orgulhoso, e no fundo Kane viu de relance Fairbanks descendo habilmente do segundo andar por uma cortina.

Fell limpou a garganta. — Tenente, talvez o coronel queira ouvir sobre o seu trabalho.

Reno se encolheu olhando feio. — Navegação? Brincadeira de criança! Deixo para os corvos, para os falcões, para as andorinhas! Não sou um simples instrumento! Não sou um morcego albino! Por favor, cuidado com sua xícara, meu bem, está pingando.

— Navegação, não — corrigiu Fell. — Seu *trabalho*. Conte ao coronel.

— Ah! Você fala de matérias do coração!

— O tenente Reno — explicou Fell —, está adaptando as peças de Shakespeare para cães.

Reno endireitou a postura.

— Um labor do amor! Uma puta dor de cabeça! Pelo amor de Deus, *alguém* precisa fazê-lo! Você pode me dizer seu nome de novo?

— Hudson Kane.

— Judeu demais. Mudaremos isso. Quer vir para o ensaio?

— O que você está ensaiando?

— Estamos fazendo aquela cena intensa de *Júlio César* em que um dálmata de aparência nobre se enrola na toga... assim! — Com os olhos brilhando, ele demonstrou com a própria capa. — E então rosna: "*Et tu,* Canino Branco?"

Nem Kane nem Fell reagiram. Devagar, Reno tirou a capa do peito, o sorriso louco de triunfo derretendo de seu rosto.

— Você detestou.

— De maneira nenhuma — garantiu Kane imediatamente. — Achei interessante.

— Que bom. Vamos precisar discutir melhor mais tarde. Aliás, eu gostaria muito da sua opinião em um problema que estou tendo com o elenco de *Hamlet*. Sabe, se eu colocar um cão dinamarquês no papel, os malditos críticos vão me acusar de... — Reno parou de falar quando o cachorro latiu cheio de urgência do lado de fora da sala. — O tempo está fora do prumo — lamentou Reno. — Merda! Por que eu tenho de viver assim? Um papel, e ele acha que é a Barbra Streisand.

Então enrolou a capa no corpo e correu em direção à porta, gritando: — Esperem! Estou chegando, estou chegando, Rip Torn. — Na porta, ele virou e disse a Kane: — Leia os clássicos. Melhora todo o sistema respiratório. — Ele então se foi. Dava para ouvi-lo repreendendo o cachorro. — Que modos são esses, Rip Torn? Onde você foi criado? Em um celeiro?

Kane esperou. Então, olhou para Fell. — São todos tão loucos assim?

— Ou tão criativos.

— Então, você acha que estão fingindo.

— Não sei. — Fell, que estava sentado na beira da mesa de Kane, puxou um cigarro, acendeu e tragou a fumaça. — Eu mesmo estou aqui faz só uma semana.

— Tão pouco tempo?

— Pois é. — Deu outro trago. — O maior mistério é Cutshaw, me parece.

— Por quê?

— Bem... ele não estava em combate. Por que precisaria fingir?

Kane abaixou a cabeça e disse suavemente.

— Exato.

Então foi até a janela e olhou para fora. Uma neblina densa cercava a mansão.

— Mas todos esses sujeitos têm Q.I. alto — cismou Fell. — Alguns são quase gênios, aliás; e a maior parte do fingimento que já vi em serviço recai na categoria de sair da formação diante de uma banca e depois urinar, de preferência na perna de um oficial de campo. — Kane Assentiu, e Fell continuou: — As obsessões deles são engenhosas demais. São extravagantes demais, oportunas demais. Mas como é possível que todos tenham obsessões? Estão mancomunados? Foram capturados por marcianos? Que diabos é isso? E como saber se um homem como Bennish está fingindo insanidade para sair de combate? Ele tem uma medalha de honra do Congresso. Não faz sentido. Não sei. O que *você* acha?

Kane virou para responder, mas, em vez disso, apenas olhou pela porta aberta. O olhar de Fell acompanhou. Krebs estava no saguão principal, se movendo com rapidez, seguindo Fairbanks, que estava vestido de freira; seu florete surgia por baixo de seu hábito, e usava óculos de sol com uma armação enorme e redonda. Ele levava uma grande caneca de latão. Moedas balançavam lá dentro enquanto ele cercava Krebs.

— É uma das minhas múltiplas personalidades — grunhiu. — Sou a irmã Eve Black.

Krebs disse alguma coisa que nem Kane nem Fell conseguiram ouvir, mas a resposta de Fairbanks foi clara:

— A ordem Irmãzinhas dos Pobres é uma instituição de caridade reconhecida, Krebs. Vá se foder!

Fell fechou a porta e balançou a cabeça.

— Fairbanks. Esse é outro mistério — disse, sentando em um sofá na lateral da sala, alcançando um cinzeiro que estava sobre a mesa de apoio e apagando o cigarro. — Ninguém entende o que houve. Ele estava pilotando aquele avião que compramos dos ingleses, sabe, o que decola na vertical e voa reto? Vinte e quatro deles caíram sem razão; e, logo depois da queda do número 24, Fairbanks começou a confundir festas de formatura com árvores. Diabos, talvez devêssemos usar tratamento de eletrochoque em todos eles. Isso colocaria quem está fingindo para correr, você não acha?

Ele viu Kane olhando para a base de sua cueca *boxer*, onde as palavras "Bebidas Vendome" estavam bordadas em vermelho.

— Ou não? — acrescentou Fell.

Kane olhou para ele com atenção.

— Você me lembra alguém.

— Quem?

— Não sei. Você só me parece familiar. Vou me lembrar em algum momento, suponho.

— Assim como Ann Rutherford: é só mudar seu nome para Andy Hardy.

Por um momento Kane continuou a observá-lo, então, abaixou para pegar os livros e dossiês do chão.

— Você gostou da ideia do tratamento de eletrochoque? — perguntou Fell.

— Achei que você estivesse brincando.

— Eu, brincando? Você não está falando sério.

— Preciso pensar sobre isso.

— Isso, pense — disse Fell. — Pense bem. É para isso que você é pago. Quando pensar em uma resposta, me avise.

Kane meneou a cabeça distraído. Fell o observou por um instante, depois abriu a porta e saiu. Foi para seu quarto. Usando uma linha particular, ele discou o número de um telefone que tocou na mesa de um general no Pentágono. Quando a ligação foi atendida, Fell disse:

— Ele está aqui, senhor.

QUATRO

A maior parte da neblina havia diminuído, mas a noite estava se aproximando rápido, junto a nuvens de chuva ameaçadoras. Kane estava sentado à sua mesa, os olhos fundos em um rosto exaurido, um homem com uma tarefa urgente, diligente. Ele havia lido o histórico de todos os internos e estava absorto em livros de psiquiatria. Fazia grifos frequentes com um marcador amarelo. Era a noite de sua chegada.

Ele ajustou a luminária da mesa, direcionando a lâmpada para mais perto do livro. Em seguida, abaixou a cabeça e descansou os olhos, respirando profunda e ruidosamente, quase dormindo. Então, levantou abruptamente, esfregou os olhos e continuou lendo. Grifou um trecho do texto. Falava dos aspectos curativos do tratamento de choque. Estudou-o por um tempo. Em seguida olhou para a medalha de Cutshaw; ainda estava sobre a mesa.

A porta do escritório se abriu. Era Cutshaw, vestindo um calção de banho e levando uma toalha de praia sobre o ombro. Usava uma braçadeira preta e segurava a alça de um baldinho de criança com uma pá. Seus pés calçavam nadadeiras, e o calção e a toalha tinham a mesma estampa polinésia. Ele bateu a porta quando entrou.

— Vamos para a praia — exigiu.

Kane abaixou ainda mais o foco da luminária, para que seu rosto ficasse escondido pela escuridão.

— Caiu a noite e está começando a chover — respondeu, com cuidado.

Cutshaw avançou, com os pés de pato batendo ruidosamente no piso de carvalho. Suas sobrancelhas estavam juntas em uma careta.

— Estou vendo que você *quer* começar uma discussão! Certo, então vamos brincar de médico.

— Não.

— Então cinco marias. Quer jogar cinco marias?

— Não quero.

— Santo *Cristo*, você não quer fazer *nada*! — gritou Cutshaw. — Não tem nada para fazer neste lugar! Estou *enlouquecendo*!

— Cutshaw...

— O que eu preciso fazer para conseguir falar com você? Oferecer um sacrifício? Bem, aqui está. — Ele virou o baldinho sobre a mesa de Kane, levantou-o e o jogou longe, revelando um monte de terra úmida sobre um dossiê aberto. — Eu trouxe uma torta de lama para você; agora, podemos conversar?

— Você vai falar sobre a lua?

— Ouça, todo mundo *sabe* que a lua é queijo Roquefort; eu vim aqui para falar sobre o coronel Fell.

— O que tem ele?

— O que *tem ele*? Você é uma *pedra*? Jesus. O capitão Nammack o abordou hoje de manhã reclamando de uma doença estranha e impressionante, e sabe o que o charlatão receitou? Ele disse: "Aqui está, tome isto. É uma pílula de suicídio com um leve efeito colateral laxativo." Que modos são esses?

— O que Nammack tem? — perguntou Kane gentilmente.

— Útero invertido.

— Entendo.

— Diga isso a Nammack e veja se isso o conforta em sua agonia. O que devo dizer a ele? "Escute, Nammack, tenha calma. Eu falei com o coronel Kane e, apesar de ser solidário a você, ele disse para encher a porra do útero com pílulas de suicídio e Aspirina, considerando que Fell é inconstante, mas correto"? E que ele também disse "Entendo"? — O astronauta mudou para um tom de súplica e repetiu: — Vamos para a praia. *Vamos*!

Tentou bater o pé em sinal de manha, e o pé de pato estalou como um chicote no piso.

— Está escuro e está chovendo — respondeu Kane.

O rosto de Cutshaw se contorceu de raiva. Ele pegou a pá de areia da mesa e a quebrou em duas partes, fazendo barulho. — Pronto! Estou *quebrando* a flecha da paz! — Ele jogou os pedaços longe e continuou: — Filho da puta! Escute aqui, quem diabos é você? Estou começando a achar que você é Fairbanks com algum disfarce novo e esquisito. Uma vez ele apareceu com uma pele de caribu, mas nós reconhecemos aquele canalha. Sabe o que fizemos? Demos um gelo nele! Nem mesmo meneamos a cabeça para ele, aquele imbecil insolente e corno. Até que ele cedeu. — O astronauta apertou os olhos enquanto observava Kane e perguntou: — Você é católico de verdade?

— Sou.

— Grande merda. Sou um cavaleiro flamejante desvairado dos hussardos cristãos. Você gostaria de me perguntar em que eu acredito?

— Em que você acredita?

— Que o coronel se relaciona com alces. Agora saia daqui, Hud! Estou perdendo minha paciência com você rápido!

— Você quer que eu vá embora? — perguntou Kane.

Cutshaw avançou sobre a mesa e agarrou o pulso do psiquiatra.

— Você está louco? — Os olhos de Cutshaw se arregalaram de medo, e ele gritou: — E perder o único amigo que tenho? Meu Deus, não faça isso, Hud, por favor! Não vá embora! Não me deixe aqui sozinho nesta casa de horrores!

Os olhos do coronel se encheram de piedade.

— Não, eu não vou embora, prometo. Sente-se. Sente-se, e vamos conversar — disse, em um tom reconfortante.

— Sim! — berrou Cutshaw. — Eu quero conversar! Quero terapia! — Soltou o pulso e se acalmou imediatamente. Caminhou com seus pés de pato até o sofá encostado na parede, se jogou e deitou de costas, olhando para o teto. — Meu Deus, por onde começar?

— Livre associação — sugeriu Kane.

Cutshaw virou-se e o encarou com severidade. Em seguida, levantou-se do sofá, marchou até a mesa, recuperou sua medalha, voltou para o sofá e deitou de costas.

— E, agora, algumas palavras sobre minha infância. Eu nasci na Dakota do Norte em uma pequena...

— Seus registros dizem Brooklyn — disse Kane.

— Ouça, vamos trocar de lugar, tudo bem? Você deita aqui, eu vou até aí, e vamos ver como *você* se sai! De quem é esta terapia?

— Sua — respondeu Kane.

— Não posso fazer uma pergunta retórica sem algum escroto tentar *respondê-la*? Fique *quieto*! — gritou Cutshaw, para depois deitar de bruços. — Tive três tias solteiras — recitou calmamente. — Elas se chamavam Feia, Vulgar e Indecorosa, e todo Natal elas me davam um Banco Imobiliário de segunda mão, mas o tabuleiro estava sempre faltando; nunca tive uma porra de um tabuleiro. Claro, eu acabei fazendo um, mas você acha que "vá direto ao Bairro do Canivete e não ultrapasse o Brejo do Sapo" soa bem? Que diabos, nunca *vi* um tabuleiro de verdade até ter quase vinte anos, e tive de colocar *gelo* na nuca para parar de tremer! Ah, que se dane; então, eu nunca tive um tabuleiro. Mas nunca usei isso como muleta, Hud, aquela baboseira de Jack, o Estripador. Sim, claro: Jack, o Estripador, era um incompreendido. Aos seis anos ele tinha uma faca da sorte chamada *Rosebud,* que alguém roubou, então Jack passou o resto da vida procurando por ela, mas teve a ideia idiota de que a faca estava escondida na *garganta* de alguém. Agora, você *acredita* nessa baboseira? Pode responder.

— Não — disse Kane.

— Você é realmente engraçado. Alguns garotos na minha rua torturavam lagartas; eles as cortavam e ateavam fogo. E sabe por que faziam isso? Porque eram degenerados. Todo adulto degenerado mau e insensível *começou* como um degenerado. Onde você vê uma criança que tortura lagartas, eu vejo um filho da puta. Você aprova isso? Eu quero aprovação. Eu *preciso* de aprovação. Eu prefiro aprovação a rocambole com iogurte. Por acaso, você notou que Groper nunca toma banho? É porque veríamos sangue de lagarta nas pernas dele! Aquele degenerado odioso! É um típico Papai Noel: todo Natal ele sobe em seu trenó e entrega napalm para os pobres. Filho da puta. Um vira-lata com o rabo torcido apareceu, choramingou e lambeu o sapato dele um dia na ponte levadiça, e Groper sacou um canivete no mesmo instante e cortou o rabo do animal, bem rente ao corpo; e, enquanto o cachorro gritava e ficava louco, Groper disse que o ajudou a se livrar de pulgas; elas ficam no rabo. Meu Deus, ele está com sangue de lagarta até os *joelhos*! Sabe, ele costumava escrever para a revista

Time e por anos sempre falou em legendas; sempre dizendo "Depois do melão, uma uva" e coisas assim no maldito refeitório. Além disso, ele amava dizer "bafafá". Mas isso era antigamente, Hud. Quero dizer, agora ele só diz isso quando bebe. O pobre desleixado foi coronel, sabia disso? Então disse "bafafá" na frente de MacArthur e foi rebaixado para major. Acorde. Está acordado?

O astronauta virou para olhar para Kane.

— Sim, estou acordado — respondeu o psiquiatra.

— Estou vendo; mas você estava apagando, Catherine Earnshaw. — Cutshaw deitou de costas de novo e perguntou:

— O que você acha de víboras?

— Víboras?

— Você é absolutamente incapaz de dar a um homem uma resposta direta!

Cutshaw tirou um pirulito do bolso e começou a lambê-lo ruidosamente.

— Cutshaw, por que você está usando essa braçadeira?

— Porque estou de luto.

— Por quem?

— Por Deus. — O astronauta sentou, tirou os pés de pato e os jogou no chão. — Isso mesmo. — Em seguida, jogou o pirulito. — Não pertenço ao Clube Deus Está Vivo e Morando na Argentina. — Então Cutshaw e começou a andar de um lado para o outro agitado. — *Basta*! Chega de falar de Deus! Finalize, é o suficiente. Vamos voltar para a psiquiatria. — Ele parou diante da mesa. — O que me faz lembrar: que belo psiquiatra! Você nem me perguntou se tenho obsessões.

— Você tem?

— Tenho. Odeio pés. Deus, não suporto *vê-los*. Como um Deus considerado belo nos dá coisas tão feias quanto pés!

— Para você poder andar.

— Eu não quero andar, quero voar! Pés são desfigurados e vergonhosos. — Cutshaw olhou para seus próprios pés nus, foi até o sofá, sentou e recolocou os pés de pato. — Se Deus existe — continuou ele —, ele é um pelego. Ou, o que é mais provável, um pé: um Pé gigantesco, onisciente, onipotente. Você considera isso blasfêmia?

— Considero.

— Acredito que usei um *P* maiúsculo. — O astronauta observou Kane como se estivesse tentando avaliá-lo. Finalmente, perguntou: — Quantas vezes uma pessoa pode quebrar um espeto de *kebab* ao meio? — Em seguida, ele levantou do sofá, levantou a mão na direção da cabeça de javali pendurada e, segurando suas presas, começou a balançar para frente e para trás no ar. Então, na mesma postura, continuou: — Tudo tem partes. O espeto tem partes. Agora, quantas vezes posso parti-lo ao meio? Uma quantidade infinita ou apenas uma quantidade limitada de vezes? Se a resposta é uma quantidade infinita de vezes, então o espeto deve ser infinito. O que é balela, convenhamos. Mas se só posso cortar o espeto ao meio uma *limitada* quantidade de vezes... se eu chegar a um pedaço de espeto que não pode mais ser partido ao meio, quero dizer, supondo que eu fosse Pé e pudesse fazer o que quisesse, então estou segurando um pedaço de espeto que não tem partes. Mas, se não tem partes, ele não existe! Estou certo? Não. Estou vendo nos seus olhos. Você acha que sou um velho louco.

— De jeito nenhum — respondeu Kane. — Você apenas fracassou em distinguir entre as ordens real e mental. Mentalmente, ou teoricamente, não existe nenhum limite para quantas vezes você pode partir um espeto ao meio, mas na ordem real das contas, ou, em outras palavras, falando em termos práticos, você finalmente chegaria a um ponto em que, quando corta o espeto ao meio, as metades se convertem em energia.

— Pé, você é sábio! — suspirou o astronauta.

Alguma coisa cintilou nos olhos de Cutshaw, que se jogou no chão com um estalo elástico, foi até a mesa e substituiu a medalha diante de Kane.

— Você passou — ele anunciou. — Agora, consegue provar que existe um Pé?

— Eu apenas acredito — respondeu Kane.

— Você consegue *provar*?

— Existem alguns bons argumentos.

— Oh, essas são as mesmas coisas que usamos para justificar as bombas atômicas no Japão? Se forem, *que se fodam*! — Cutshaw se inclinou e espalhou o conteúdo do balde sobre a mesa de Kane. — Aqui, faça os diagramas na areia. — Em seguida, se jogou de bruços no sofá. — Mal posso esperar — ele alertou, com uma almofada abafando sua voz.

— Existe um argumento bioquímico — Kane começou hesitante. — Não é exatamente uma prova...

Cutshaw virou de lado, deu um bocejo exagerado e olhou para o relógio de pulso.

— Para que a vida pudesse aparecer espontaneamente na Terra — Kane retomou o raciocínio —, primeiro precisou existir uma molécula de proteína com uma certa configuração assimétrica, a configuração 0.9. Mas, de acordo com as leis da probabilidade, para que uma dessas moléculas apareça por acaso sozinha seria necessário um volume de matéria de mais de... bem... muitos trilhões e trilhões de vezes maior que o tamanho do universo inteiro; e pensando estritamente do ponto de vista do tempo...

— Falemos do tempo.

— Pensando estritamente do ponto de vista do tempo, e dado um volume de matéria equivalente ao da Terra, tal probabilidade precisaria de uma força de dez a duzentos e tantos bilhões de anos... um número com tantos zeros que não caberia em uma edição de *Os Irmãos Karamazov*. E isso é só uma molécula. Para que a vida surgisse, seriam necessárias *milhões* e *mais ou menos ao mesmo tempo*. O que eu considero mais fantástico do que simplesmente acreditar em um Deus.

Cutshaw se sentou.

— Você terminou?

— Terminei.

O astronauta se levantou, foi até a porta, deu meia volta e anunciou cripticamente:

— Indecoroso Groper come carne de cervo profana.

Então, deu meia volta novamente e desapareceu.

O barulho de um martelo batendo no gesso ecoou pela parede. Kane saiu de sua sala. Do lado direito da porta, viu Fairbanks, usando um capacete de altitude da Aeronáutica. Segurava uma marreta de cabo curto e olhava feio para um buraco na parede. Groper correu até ele praguejando:

— Eu a *escondi*, maldição, eu a *escondi*! — E, arrancando a marreta da mão de Fairbanks, gritou: — Como diabos você a encontrou?

— Eu não *ousaria* lhe contar *isso* — disse Fairbanks. E, arrancando de volta a marreta da mão de Groper, pediu: — Faça a gentileza de sair do caminho.

— Seu pequeno...

Groper levantou um braço como se fosse golpeá-lo quando Kane interveio:

— Major Groper!

— Senhor, ele...

— Não me interessa *o que* ele fez; o senhor não vai usar de violência com nenhum desses homens em nenhuma ocasião, por nenhuma razão.

— Mas, coronel...

Groper estava prestes a falar mais, mas seus olhos encontraram os de Kane, e ele parou de falar, recuou um passo, prestou continência de forma tensa e se retirou para seu alojamento.

Kane olhou para o interno com gentileza.

— Você é o capitão Fairbanks — disse.

— Hoje não.

— Sinto muito. Eu tinha certeza de que você...

— Hoje não. Entendeu? Múltiplas personalidades. "Minha casa tem muitas moradas."

— Entendi.

— Sou o dr. Franz von Pauli.

Kane passou um braço paternal ao redor do ombro dele. Do outro lado do *hall*, viu Cutshaw de relance encarando-os da porta do dormitório. Kane olhou para o buraco deixado na parede e disse:

— Por que fez isso, capitão Fairbanks?

— Como?

— Por que fez isso na parede?

— Achei que estivesse brincando. — Os olhos do interno eram de um azul intenso em um rosto rechonchudo e inocente que deveria estar em um baile vespertino de uma faculdade. Ele respondeu: — Faço isso em nome da ciência e da nucleônica; porque estou *convencido* de que podemos atravessar paredes! Não somente eu. Estou falando de qualquer um. Policiais. Pessoas. Pessoas em Nashville. São os *espaços*! Os espaços vazios entre os átomos no meu corpo... ou no seu: você se importa se eu fizer uma pergunta pessoal? Não. Se ficar desconfortável, me avise.

— Vá em frente.

— Está com dor de cabeça?

Kane se encolhera como se tivesse sido acometido por uma dor aguda e súbita, abaixando a cabeça e apertando o arco do nariz. Seus olhos estavam fechados.

— Não — respondeu em voz baixa.

— Excelente. Veja, está tudo no tamanho dos espaços entre os átomos na parede: quando se olha para isso em relação ao tamanho dos próprios átomos, bem, o tamanho dos espaços é imenso! É como a distância, para ser franco, entre a Terra e o planeta Marte, e...

— Aonde quer chegar, por favor, capitão Fairbanks — pediu Kane, com uma voz que refletia sua irritabilidade, mas que não era indelicada.

— Qual é a pressa? — perguntou Fairbanks. — Os átomos não vão embora. Que diabos, não vão a lugar *nenhum*.

— De fato.

— Coronel, átomos podem ser *esmagados*, eles não podem *voar*!

De novo, Kane reagiu a algo que parecia dor.

— Você precisa usar o penico? — indagou Fairbanks. — Número dois?

Kane balançou a cabeça.

— Não fique com vergonha, você é humano.

O psiquiatra tirou o braço do ombro do interno.

— Me explique por que está acertando a parede.

— Você é persistente. Eu gosto disso: persistente, mas justo. Agora, ouça. Os espaços, os mesmos espaços vazios e imensos entre os átomos na parede existem entre os átomos no seu corpo! Então *atravessar* uma parede é simplesmente uma questão de ajustar os buracos entre os átomos no meu corpo aos buracos entre os átomos na parede! Aquele maldito teimoso...

Fairbanks concluiu com outro golpe forte do malho. O gesso voou para todas as direções. Ele pareceu taciturno; olhando para o buraco que tinha acabado de criar. — Nada — murmurou. Em seguida, olhou para Kane. — Eu faço experimentos, sabe. Eu me concentro muito. Tento empregar toda a força da minha mente nos átomos do meu corpo para que se misturem e rearranjem, para que se encaixem *exatamente* nos espaços na parede. E enquanto uso o método experimental, tento atravessar a parede. Como agora. Peguei impulso na corrida e falhei... *terrivelmente*! — Ele golpeou novamente a parede, e outro buraco se formou. — Cuzões metidos — murmurou.

— Porque fez isso? — perguntou Kane.

— Estou punindo os átomos! Estou fazendo deles um exemplo! Uma lição! Uma coisa! Então quando os outros virem o que vai acontecer, quando virem que não estou para brincadeiras, ah, vão entrar na linha! Vão me deixar passar. — Fairbanks acompanhou o fim de sua declaração com outro golpe violento. — Malcriados independentes! — disse, olhando feio para a parede. — Entrem na linha ou caiam fora!

— Posso? — pediu Kane, pegando a marreta delicadamente do interno.

— Claro! — grunhiu Fairbanks. — Acerte! Aproveite! Talvez eles *escutem* um estranho!

— Eu tinha outra coisa em mente.

O interno pareceu ultrajado e tentou recuperar a marreta. Primeiro puxou, depois tentou arrancá-lo à força, mas a marreta não saiu da mão de Kane. Ele olhou para a ferramenta, depois para o psiquiatra, seus olhos um pouco aturdidos.

— Você é muito forte — disse finalmente.

— Acho que talvez seu problema esteja nas propriedades do martelo: um pouco de desequilíbrio nuclear afetando os íons.

— Teoria interessante — afirmou Fairbanks.

— Você se importa se eu ficar com o martelo para estudá-lo?

De repente, Fairbanks começou a gritar. E tentou furiosamente recuperar o martelo. Krebs e Christian apareceram e o imobilizaram. Ele estava tendo um ataque histérico.

— Recomendo medicação nesse caso — declarou Kane.

— Preciso encontrar o coronel Fell — disse Krebs. — Eu não o vi.

— Quem mais tem a chave do armário dos remédios?

— Ninguém — respondeu Krebs.

Fairbanks continuava gritando. Seus olhos estavam esbugalhados.

— Nem mesmo um auxiliar médico? — perguntou Kane.

— Não, senhor. Não desde que tivemos um furto, senhor.

— Do armário de remédios? O que foi roubado?

— As barras Cadbury de cereal e as frutas do coronel, senhor. Ele as guarda ali. — Krebs fez uma pausa e acrescentou: — É a temperatura, senhor.

Kane soltou o martelo, e Fairbanks se acalmou.

— Pode haver uma reincidência — disse Kane com calma. — É melhor você ir procurá-lo.

— Sim, senhor.

Fairbanks parecia confuso.

— De onde diabos veio este martelo? — perguntou.

Kane tirou a marreta de seu poder com cuidado, e Krebs e Christian o levaram. O psiquiatra ficou imóvel, olhando para a ferramenta em suas mãos. Em seguida, segurou a própria cabeça.

Groper o vigiava do segundo andar, próximo à balaustrada. Kane olhou para cima como soubesse que estava sendo observado. O interno rapidamente foi para o quarto.

De volta à sua sala, Kane mergulhou de novo nos estudos. Lá fora estava chovendo, e em algum lugar um relógio deu nove horas. Ele olhou pela janela enquanto a chuva batia no vidro. Alguém entrou. Era Krebs.

— O capitão Fairbanks está bem, senhor.

— Que bom. Onde está o coronel Fell? Você o encontrou?

Krebs hesitou e respondeu:

— Não, senhor. Mas ele não assinou o registro de saída, então deve estar no recinto.

Kane ficou com o rosto tenso e marcado pela dor por um momento, então disse:

— Quando encontrá-lo, por favor, diga para vir imediatamente. Preciso falar com ele.

— Sim, senhor — respondeu Krebs, sem ir embora. Ele continuou olhando para Kane.

— Isso é tudo, Krebs. Obrigado — disse Kane, para encerrar a conversa.

— Sobre o coronel Fell, senhor... — ele continuou.

— Sim?

Krebs estava hesitante.

— Acho que ele disfarça, senhor.

— Como assim?

— Bem, acho que as coisas o machucam muito, senhor. Sabe, gente doente; pacientes morrendo sob os cuidados dele. Eu não gostaria que o senhor pensasse algo ruim dele. Acho que ele faz o que faz para não pensar nas coisas.

Kane encarou Krebs por um tempo, depois levantou a sobrancelha e disse:

— Entendo.

— Está com dor de cabeça, senhor? Posso ir buscar uma Aspirina, senhor, se isso ajudar.

— É muita gentileza sua, Krebs. Estou bem. Boa noite.

— Boa noite, senhor — disse Krebs.

— Por favor, feche a porta ao sair.

— Sim, senhor.

Kane voltou para sua leitura e suas anotações. Horas se passaram. Fell não apareceu. Chovia torrencialmente, castigando as janelas. Kane apertou os olhos diante das palavras que estava lendo, piscando, se esforçando para enxergar. Finalmente, não conseguiu mais manter os olhos abertos, encostou a cabeça nos braços cruzados. E dormiu.

E sonhou. Chuva. Uma selva. Ele estava sendo caçado. Havia matado alguém. Quem? Estava ajoelhado perto do corpo. Tinha virado o cadáver, mas a cabeça ficou virada para baixo, e o sangue jorrava do pescoço cortado. Então um homem com uma cicatriz em forma de Z na sobrancelha disse:

— Pelo amor de Deus, coronel, vamos sair daqui!

Ele pegou um rato branco do ar, e o rato se transformou em um lírio branco e puro manchado de sangue. Então, Kane estava na superfície da lua. Havia um módulo lunar pousado à direita, e um astronauta, Cutshaw, se movendo, flutuando, pela atmosfera, até estender o braço em súplica para um Cristo crucificado à esquerda. A figura do Cristo tinha o rosto de Kane. Então o sonho se tornou lúcido. Ele sonhou que tinha acordado em sua sala, e Billy Cutshaw estava sentado à sua mesa, observando-o atentamente enquanto acendia um cigarro. Kane perguntou:

— O que é isso? O que você quer?

— É o meu irmão, o tenente Reno. Você precisa ajudá-lo.

— Ajudar? Como?

— Reno está possuído por um demônio, Hud. Ele levita à noite e também conversa com cachorros, de uma maneira não natural. Quero que você expulse os demônios deles. Você é um coronel, católico e um padre destituído.

De repente, Reno estava na sala, flutuando a um metro do chão. Usava um macacão para altitude. Ele olhou para Kane, abriu a boca, e saíram os latidos de um cachorro.

Kane colocou um dedo no pescoço e percebeu que usava um colarinho romano. Em seguida, veio uma onda de empolgação.

Quando, mais uma vez, o sonho mudou de textura e pareceu não ser um sonho. Cutshaw o estava encarando atentamente, com o cigarro brilhando na penumbra.

— Está acordado? — perguntou a aparição.

Kane moveu os lábios e tentou dizer "sim", mas nenhum som saía. Ele falou com a mente, pensando... dizendo... "sim?"

— Você acredita mesmo em vida após a morte?

— Acredito.

— Quero dizer, *para valer*.

— Acredito, sim.

— Por quê?

— Porque acredito.

— Fé cega?

— Não, nada disso. Não exatamente.

— Por que você *acredita*? — insistiu Cutshaw.

Kane fez uma pausa, procurando argumentos. Então, finalmente, disse (pensou?):

— Porque todo homem que já viveu foi tomado pelo desejo da felicidade perfeita. Mas, a menos que exista vida após a morte, a realização desse desejo é impossível. A felicidade perfeita, para ser perfeita, deve trazer a segurança de que não vai acabar, de que não será levada embora. Mas ninguém nunca teve essa garantia; o simples fato da morte serve para contradizê-la. No entanto, por que a natureza imbuiria todo mundo com o desejo de algo inatingível? Não consigo pensar em nada além de duas respostas: ou a natureza é totalmente louca e perversa; ou depois desta vida existe outra, uma vida em que esse desejo universal pela felicidade perfeita pode ser realizado. Mas em nenhum outro aspecto da criação a natureza demonstra esse tipo de perversidade, não quando se trata de um movimento básico. Um olho é sempre para ver, e um ouvido é sempre para ouvir. E qualquer vontade universal, estou falando de uma vontade sem exceções, precisa ser passível de realização. Ela não pode ser realizada *aqui*, então será realizada, acredito eu, em outro lugar, em outro *momento*. Faz algum sentido? É difícil. Acho que estou sonhando. Estou sonhando?

O cigarro de Cutshaw brilhou rapidamente.

— Se sonhar, não dirija — ele sussurrou.

Então Kane estava na ilha de Molokai, onde havia ido para curar os leprosos, mas, de alguma maneira, havia um orfanato onde um frei franciscano estava fazendo um sermão para crianças fardadas, com rosto impassível e erodido. De repente, o teto caiu sobre elas quando bombas atingiram Molokai.

— Saiam! Ainda dá tempo! Saiam — gritou o frei.

— Não, vou ficar com você — esbravejou o Kane do sonho.

A cabeça do franciscano se soltou do corpo, e Kane a pegou e beijou com fervor. Em seguida, ele a arremessou com repulsa. A cabeça disse:

— Alimente minhas ovelhas.

Kane acordou com um grito incipiente. Não estava em sua sala. Estava totalmente vestido, sentado no chão do canto de seu quarto. E não se lembrava de como havia chegado lá.

CINCO

Reno acordou ao amanhecer e olhou para a cama de Cutshaw. Estava vazia. Ele vestiu sua farda e passou pela fileira de camas e maletas, até sair do dormitório. Todos os outros internos dormiam.

Ele procurou por Cutshaw pela mansão, depois saiu da propriedade e caminhou pela neblina. Parou, olhou uma vez em volta no pátio desolado e resmungou, cheio de amargura:

— Raios!

Finalmente ele o viu. O astronauta estava à espreita nos galhos mais baixos de um abeto onde Groper costumava ficar antes da formação. Estava misturando uma lata de tinta equilibrada entre seus joelhos. Reno subiu pelo tronco da árvore e abriu um galho.

— Capitão Billy! — exclamou.

— Pelo amor de Deus, fale baixo! — pediu Cutshaw, cheio de cautela. — Que diabos você está fazendo aqui em cima?

— Kane! — sussurrou Reno, animado. Os olhos dele estavam brilhantes e selvagens. Estava hiperventilando.

— O que tem ele? — perguntou Cutshaw, tirando um pinho da tinta.

— Billy, nada nele é ele!

— E isso significa?

— Kane é Gregory Peck em *Quando fala o coração*, Billy! Ele veio assumir o controle de um hospício e, no fim das contas, ele mesmo é louco!

Cutshaw suspirou, tenso. Mesmo os internos da mansão em geral sabiam que Reno possuía uma série de obsessões mais magníficas que a maioria. Certa vez ele relatou que, enquanto caminhava "animadamente" pela propriedade em uma noite sem luar, detectou "um som sibilante vindo de cima" e, quando olhou, viu o major Groper "agachado entre as frondes de uma palmeira", imerso em uma conversa sussurrada com uma coruja preta e branca gigante. Nada o fazia esquecer essa história. Quando Cutshaw o fez lembrar que a propriedade estava visivelmente desprovida de qualquer variedade de palmeira, Reno o encarou com dó e respondeu com delicadeza:

— Qualquer um com dinheiro pode retirar uma árvore. E certas coisas podem cobrir o buraco com facilidade.

Desse dia em diante, Reno foi ignorado. Só havia uma forma de se livrar dele, e essa forma era sair andando. Cutshaw olhou para baixo. Era uma queda de seis metros.

— Kane é Gregory Peck — repetiu Reno. — Ontem, no meio da noite, eu acordo e tem biscoitos nos meus dentes, uvas-passas e tal, então vou até a clínica, sabe, para pegar fio dental, e quem eu vejo sentado como se estivesse em um tipo de transe ou algo assim?

Reno começou a reproduzir a cena, com as mãos fazendo movimentos confusos, mas definidos: pegando algo; jogando no chão; pegando algo; jogando no chão...

Cutshaw interrompeu a performance e apontou para o chão.

— Desça! Desça! Quero que você caia como uma manga madura!

— Também existe outra possibilidade, Billy. A porta do armário de remédios estava escancarada. Ele podia estar dopado com alguma coisa.

— Suma!

— Muitos médicos se viciam em drogas — argumentou Reno cheio de sensatez. — Muitos psiquiatras são profundamente perturbados. Você sabe disso. Eles têm o índice mais alto de suicídio do que qualquer outra profissão. Isso é um fato, e você pode checar, Billy.

Cutshaw parou nesse momento, levantando uma sobrancelha com cuidado.

— Quando foi isso? — perguntou.

— Umas três da madrugada, eu juro. Ouça, aqui está a evidência definitiva, a prova, é isto que ele faz! Igual a Gregory Peck em *Quando fala o coração*, Billy. Foi como no filme, exatamente! Fui buscar um garfo. Entendeu? Fui pegar um garfo, e uma toalha de mesa também, no refeitório! Coloquei a toalha de mesa diante dele, com o garfo eu fiz umas trilhas de esqui nela, e ele desmaiou! Igual a Gregory Peck no filme!

Cutshaw apontou para o chão de novo, rangendo os dentes:

— Desça! Está ouvindo? Desç…

Então parou de repente, colocou um dedo nos lábios e cobriu a boca de Reno com a mão. Em seguida, olhou para baixo e inclinou a lata de tinta, fazendo o conteúdo derramar lentamente.

Do chão, a voz de Groper emergiu:

— Seu filho da puta!

— Posso falar agora? — perguntou Reno.

— Pode, vá em frente.

Cutshaw estava radiante, satisfeito.

— Esqueci de mencionar uma coisa: Kane estava com um gato de três cabeças no colo. Talvez ele o estivesse acariciando.

— Desça!

— Você tem razão, estava sobre a cabeça dele.

— *Desça!*

Reno olhou para Groper.

— Acho que vou subir.

* * *

Fell apareceu para o café da manhã no refeitório reservado para os funcionários: uma sala perto da cozinha, com uma lareira. E sentou-se de frente para Kane. Ainda não havia mais ninguém.

Fell estava animado, descansado, e estendeu sua caneca de café para Kane, que segurava a cafeteira.

— Ouvi dizer que você estava me procurando — disse ele.

— Isso mesmo, onde você estava?

— Caminhando por aí.

— Na chuva?

— Estava chovendo?

— O capitão Fairbanks precisou de sedativos ontem à noite. Por favor, faça uma cópia da chave do armário de remédios. Eu tive de arrombá-lo.

SEIS

23 de março. Kane estava sentado em sua mesa quando Groper apareceu de repente, com uma carta na mão.

— Veja isto, senhor.

Groper entregou a carta para Kane, mantendo o envelope.

— Coronel, leia isso. Pode ler isso?

Kane olhou para a carta datilografada. E leu:

> Para meu querido, adorado, flamejante e secreto amor: Como eu anseio pelo momento em que eu possa tirar a máscara e me livrar do fardo de meu coração, que dói e sangra. Meu bem, vi você apenas um instante, um meio instante, no entanto, eu soube que era seu escravo. Criatura maravilhosa, te adoro! Você é o sândalo de Nínive, as trufas da lua! Nos meus sonhos, sou um louco! Sim! Eu arranco seu vestido, depois seu sutiã, em seguida seus óculos e...

Kane tirou os olhos da carta.

— O que significa isso, major Groper?

— Veja a assinatura, senhor — disse Groper, controlando o desconforto na presença de Kane.

A assinatura dizia "Major Marvin Groper". Embaixo, havia um *postscriptum* que dizia: "Você sabe onde me encontrar, querida." Em seguida, um número de telefone no centro.

— Senhor, recebi um telefonema depois do outro hoje de manhã de garotas que receberam cartas como esta — tagarelava Groper.

Kane segurou a carta.

— Onde você achou isso? — perguntou.

— Bem, algumas delas...

— Algumas de quem?

— Bem, quero dizer, essas mulheres, senhor.

— Que mulheres?

— Bem, por acaso, elas vieram para cá hoje e...

— "Por acaso"?

— Bem, não, senhor; eu as convidei... as que tinham voz bonita e...

— Groper?

— Elas são *feias*, senhor! *Feias* que nem o diabo! — ele disparou em um desabafo súbito de frustração e raiva. — E acho que o canalha que escreveu todas essas cartas precisa de algum tipo de punição e restrição!

— Quem as escreveu?

— Veja o envelope, coronel. — Groper o colocou diante de Kane. — Existe apenas uma mente aqui que teria feito isso!

O endereço no envelope tinha marcas de carbono, borrões e dava a impressão de fazer parte de uma mala direta comercial enviada em massa. O destinatário dizia apenas "Ocupante".

— O senhor precisa *falar* com ele! — Groper estava extremamente perturbado.

Kane disse:

— Tudo bem. Vou falar com ele. Traga-o até mim.

* * *

Os dois lados do dormitório dos internos estavam muito bem alinhados, com pias, camas e maletas. No corredor entre eles, Cutshaw andava de um lado para o outro nervoso, enquanto alguns dos homens escreviam mais cartas. Fairbanks se aproximou com uma carta na mão.

— Essa ficou clássica — anunciou. — A melhor ganha um prêmio?

— Leslie, o *céu* vai recompensar você — respondeu Cutshaw, mal-humorado.

— Acho que precisamos de algum tipo de incentivo.

— Leslie Morris, acabei de lhe dar um.

— Seu incentivo cheira a socialismo. O *maldito* socialismo.

A mão de Fairbanks voou delicadamente para sua espada.

— Você desembainharia sua espada para o capitão Billy?

— Estou meramente segurando o cabo.

Sem fôlego, Reno entrou correndo no dormitório e irrompeu entre eles.

— Capitão Billy, eu vi de novo!

— Viu o *que* de novo?

— A coruja que conversa com Groper. Ela usa um chapéu de festa; não dá para não ver.

— Vá para *Titus Andronicus* — rosnou Cutshaw. — Seja o astro. Faça a festa.

— Isso é blasfêmia!

Reno viu Groper se aproximando de Cutshaw por trás e, apontando com arrogância para Cutshaw, deu uma ordem a Groper:

— Guarda! *Prenda-o*!

— *O homem da máscara de ferro* — disparou Cutshaw.

Quando virou, e viu Groper, estava radiante de prazer.

— Já não era sem tempo — comentou.

Groper levou Cutshaw para o escritório, e Kane o confrontou com a carta endereçada a "Ocupante".

— Foi você que escreveu? — perguntou ele.

— Vamos fazer uma cena, Hud? — Cutshaw abriu os braços em um gesto de sacrifício, acertando com o antebraço o rosto de Groper. — Sim! *Eu escrevi a carta!* Agora atire em mim por dar esperanças a uma solteirona! Amor aos desamados! Depravação aos depravados! Esqueça a corrida espacial, Hud! Sirva-me como ração para as formigas gigantes! Vá em frente! Transforme quinhentas amigas de correspondência em viúvas!

— Com o maior prazer — murmurou Groper.

Cutshaw inclinou o corpo chegando mais perto de Kane e baixou a voz para um sussurro.

— Senhor, notei um odor exótico aqui, e, como o senhor é um coronel, só pode ser o major...

Groper se aproximou dele ameaçadoramente, e Cutshaw pulou para trás de Kane gritando:

— Não o deixe encostar em mim! Sou louco!

— Você com certeza é louco! — Groper avançou na direção de Cutshaw novamente.

— Groper! — disse Kane com firmeza.

Groper parou.

— Sim, senhor!

Cutshaw se encurvou, na postura de um corcunda, e deixou escapar sua voz rouca e com sotaque eslavo:

— Rá! Eles tentam matarr Igorr! Mas Igorr ainda vive, e eles eston morrtos!

O astronauta oscilava de leve.

Groper avançou novamente.

— *Major Groper!*

— Sim, senhor! — Groper parou. Estava tremendo visivelmente. Seus olhos tinham raios vermelhos.

— Você bebeu? — perguntou Kane discretamente.

— *Sim!* — gritou Groper, histérico.

— Tente se controlar, major.

— Mas, meu *Deus*, você precisava ver aquelas mulheres! Feias! *Feias! Jesus Cristo!*

Kane se levantou.

— Major Groper...

A sala tremeu com a vibração de um golpe de martelo, e Groper ficou pálido.

— Onde ele o consegue? — gemeu ele. E virou com olhos furiosos para Cutshaw. — Você! *Você* o consegue para ele! — Groper viu a expressão nos olhos de Kane, a força. Sentiu um calafrio de impotência e frustração, e chegou à beira das lágrimas. — Pode ficar! — exclamou Groper, se afastando. — Está ouvindo? Pode ficar com essa *merda*! Pode ficar com ela!

E saiu da sala.

Cutshaw ficou olhando, com o cenho franzido.

— Bem, eu serei o filho da puta — disse, em voz baixa. Então se virou e ouviu Kane falando com Fell pelo telefone.

— Faça o que puder com ele — dizia Kane, enquanto se sentava. — Um sedativo, talvez. Mas fique de olho nele. — Então fez uma pausa e disse: — Não... não uma bolsa de gelo.

E desligou o telefone.

Cutshaw foi até a mesa.

— Você é Gregory Peck? — perguntou. — Conte tudo.

Kane não respondeu.

Os olhos de Cutshaw se apertaram até se transformarem em linhas.

— Boi orgulhoso, vamos ensiná-lo o erro do orgulho falso. — Então sacou um documento do bolso, alisou-o sobre a mesa diante de Kane e exigiu: — Aqui está! Assine esta confissão, Hud! Ou Greg! Ou Tab! Ou seja você quem for!

Kane olhou para o papel e comentou:

— Está em branco.

— Claro que está em branco — rosnou Cutshaw. — Ainda não tenho certeza de quem você é. Veja, estou fazendo isto por Reno — explicou. — Só assine, e vamos preencher depois. Vá em frente. Peça misericórdia para a corte. Cangurus podem ser gentis. Cangurus não são todos maus. Só assine para podermos mostrar para Reno e talvez todos nós possamos ter um pouco de paz.

— Se eu assinar, você também faz uma confissão?

— Estou ouvindo.

— Por que você não vai para...

Antes que pudesse terminar a pergunta, Cutshaw rugiu:

— Silêncio quando estiver falando comigo! — Então recuou um passo, ganhou uma expressão imponente e alertou: — Eu sei quem você é.

— Quem eu sou?

— Você é um padre destituído — Cutshaw se jogou no sofá e deitou de costas. — Quero que ouça minha confissão, padre Sem Rosto.

Kane disse em voz baixa:

— Eu não sou padre.

— Então quem diabos é você?

Por um momento, Kane ficou parado como um homem que se lembrou de algo inesperado. E tocou seu colarinho suavemente.

— Sou o coronel Kane.

— Você é Gregory Peck, seu imbecil. Não deixe ninguém convencê-lo do contrário! Sabe, se for capturado, vão tentar fazer aquela coisa de lavagem cerebral e fazer você pensar que é Adolphe Menjou ou talvez até Warren Beatty. Eu *adoraria* ser Warren Beatty!

— Não vejo por quê — disse Kane.

— Claro que você não vê por quê! Você é Gregory Peck!

— Entendo.

— Até parece. Seu esnobe condescendente. — De repente, Cutshaw se sentou no sofá. — Você não é Gregory Peck de jeito nenhum, é um padre destituído — acusou ele com desprezo. — Por acaso, velho padre, tenho notícias bastante alarmantes para você: posso provar que existe um Pé... Gostaria que eu fizesse isso agora ou prefere escrever para o papa antes que eu fale com a *Associated Press*? Porque quando isso acontecer, Hud, estou avisando, não vão sobrar batinas. Melhor vestir a sua agora para acharem que você é sincero.

— Eu gostaria de ouvir sua prova.

— Coloque a batina, Hud. Não quero ver você se machucar.

— Quero ouvir a prova.

— Hud, seu garoto louco e teimoso. Depois não me venha choramingando quando não conseguir um emprego limpando altares. — Cutshaw se levantou e começou a imitar saques de tênis. — Já ouviu falar em "entropia"? Diga que é uma corrida de cavalos, e eu mutilo você.

— É algo relacionado a uma lei da termodinâmica — respondeu Kane.

— Muito astuto, Hud. Talvez astuto demais. Agora, aonde estou indo? — indagou Cutshaw.

— Diga você.

— Para onde o *universo* está indo. Para uma morte térmica e totalmente final. Sabe o que é isso, Hud? Vou dizer. Sou Morris, o Explicador. É uma coisa básica da física, uma coisa básica e *irreversível*; um dia desses, no futuro, a festa toda vai acabar. Em cerca de três bilhões de anos toda partícula de matéria no universo inteiro vai ficar totalmente desorganizada. Aleatório, totalmente aleatório. E como o universo é aleatório, ele mantém uma certa temperatura, uma certa temperatura *constante* que nunca, nunca muda. E como ela nunca muda, as partículas de matéria no universo não têm a menor chance de se reorganizar. O universo não pode se reconstruir. Aleatório; vai se manter sempre aleatório. Para todo o sempre. Isso não te dá um cagaço total, Hud? Hud, onde está sua batina? Você tem uma sobrando? Quero ficar com ela. Eu não deveria falar assim na minha frente. Eu juro, me dá calafrios.

Cutshaw parou de imitar saques e desabou no sofá, onde assumiu posição fetal.

— Por favor, continue — pediu Kane.

— Você aceita minha coisa da física?

— Sim, eu aceito isso.

Cutshaw fez uma careta, olhando para cima.

— Não chame de "isso", pode ser? Chame de "coisa". Diga "eu aceito sua coisa da física".

— Eu aceito sua coisa da física — repetiu Kane.

— Bom. Agora acompanhe. — A fala de Cutshaw se tornou lenta e comedida. — É uma questão de *tempo* até acontecer, até chegarmos à morte térmica. E quando chegarmos à morte térmica, a vida não vai reaparecer nunca mais. Se isso parece claro, Hud, bata duas vezes no chão.

— Está claro.

— Certo. Agora, vamos fazer uma disjunção. Ou a matéria, matéria ou energia, é eterna e sempre existiu, ou *nem sempre* existiu e teve um início definitivo no tempo. Então vamos eliminar uma ou a outra. Vamos dizer que a matéria sempre existiu. E lembre-se que a morte térmica iminente, Hud, é puramente uma questão de tempo. Eu falei três bilhões de anos? Vamos dizer um *bilhão* de bilhões de anos. Não me importa *quanto* tempo leve, Hud. Seja quanto for, é limitado. Mas, se a matéria sempre existiu, você e eu não estamos aqui... está vendo? Nós simplesmente não existimos! A morte térmica já veio e já foi!

— Não estou acompanhando.

— Claro. Você prefere se confessar. Me dê a batina, e deixo você se confessar. Não deixe ninguém escrever "Obstinado" na minha lápide. Chame-me de flexível, Hud, e faça sua confissão.

— Capitão...

— Warren, então. Chame-me de Warren.

— Perdi o fio da meada dos seus argumentos — disse Kane.

— Minha próxima imitação: uma mosca humana. — Cutshaw levantou do sofá, voou até a parede e fez uma série de tentativas sérias de correr por ela. Depois da quinta tentativa fracassada, ele levantou e olhou feio para a parede. — Fairbanks está certo — resmungou, irritado. — Tem alguma coisa errada com essas malditas paredes. — Depois olhou feio para Kane. — Você perdeu o fio da meada por sua vida toda. Pé! Você é mais burro que um *dauphin* premiado. Veja bem: se a matéria sempre existiu e se a morte térmica é uma questão de tempo... como, digamos, um bilhão de bilhões de anos... então, Hud, deve ter *acontecido*! Um bilhão de bilhões de anos já passaram um trilhão de vezes, uma quantidade *infinita* de vezes! Antes e depois de nós há um número infinito de anos no caso da matéria que sempre existiu. Então a morte térmica já aconteceu e já passou! E quando acontecer, nunca mais vai haver vida! Nunca mais! Pela eternidade! Então como podemos estar conversando, hein? Como pode? Embora, perceba, estou falando *racionalmente*, enquanto você está aí sentado *babando*. Ainda assim, cá estamos. Por quê?

O interesse surgiu nos olhos de Kane.

— Ou a matéria não é eterna, eu diria, ou a teoria da entropia está errada.

— O quê? Você está rejeitando minha coisa básica?

— Não estou, não.

— Então só pode haver uma alternativa, Greg: a matéria sempre existiu. O que significa que, em algum momento... ou antes de o tempo existir... não havia absolutamente nada... *nada*... na existência. Então como pode existir alguma coisa *agora*? A resposta é óbvia até para as inteligências mais rasas e simples, e isso, claro, se refere a você. A resposta é que alguma *outra* coisa além da matéria teve de fazer a matéria começar a existir. Essa outra coisa é o que eu chamo de Pé. Que tal?

— É bastante convincente.

— Só tem uma coisa de errado — disse Cutshaw. — Não acredito nisso nem por um minuto. O que você acha que eu sou? Um lunático? — O astronauta foi até a mesa. — Você é tão idiota, é adorável — afirmou. — Eu copiei essa prova de um mural privado dos Missionários de Maryknoll em Beverly Hills.

— Não convence você?

— Intelectualmente, sim, mas, do ponto de vista emocional... não. E *esse* — concluiu ele — é o problema. — Cutshaw marchou até a porta e virou, indagando: — Por falar nisso, o que você estava fazendo na clínica no meio da noite?

Ele ficou ali parado esperando alguma reação, mas não houve nenhuma; zero mudança de expressão.

— O que você está procurando, Cutshaw? — perguntou Kane.

— Joe DiMaggio — disse Cutshaw, saindo devagar.

Kane ficou no escritório por várias horas, deixando a porta aberta de propósito. Uma série de internos entrou, cada um com um pretexto absurdo. Kane observava, ouvia e acalmava. Fell colocou sua cabeça para dentro uma vez, mas acenou e foi embora quando viu que Reno estava ali: o interno que perguntou a Kane se ele achava que dois pequineses "ficariam ridículos" como Rosencrantz e Guildenstern.

Depois do jantar, Kane passeou pelo *hall* principal da mansão por um tempo, parecendo encorajar a aproximação dos internos. Observou algumas pinturas nos cavaletes. E esperou. Mas Cutshaw não apareceu. Às dez, Kane subiu para seu quarto e começou a se preparar para dormir. Mas havia visitantes constantes irrompendo por sua porta, internos com problemas e questões. Os últimos foram Fromme e o interno chamado Price.

— Posso falar com você por um momento? — perguntou Fromme, parado na porta.

— Claro.

— Quero estudar, senhor. Posso? Quero concretizar minhas ambições. Quando sair daqui, claro. Mas eu simplesmente não posso viver sem meu sonho, senhor. É meu sonho desde que eu era criança. Tenho 35, mas não é tarde demais para estudar. Posso fazer isso imediatamente? Talvez uma "Operação iniciativa própria", coronel?

Kane perguntou a que grau de escolaridade ele tinha chegado e se suas notas seriam suficientes para uma faculdade de medicina.

— Faculdade de medicina? — Fromme piscou os dois olhos. — Não. Eu quero tocar violino. Quero tocar como John Garfield em *Humoresque*. Quero tocar aquela cena. Quero que as pessoas achem que sou só um garoto da periferia e, então, *bam!*: eu saco o violino e deixo Joan Crawford e seus amigos ricos e esnobes chocados. Quero tocar aquela cena o tempo todo.

Kane foi gentil.

Price foi mais difícil. Um homem de cabelos louros e espessos, com olhos profundos e intensos como raios mortais em um rosto esquálido e cadavérico, irrompeu no quarto.

— Quero meu cinto voador — exigiu.

— Como?

Price desviou o olhar com repulsa.

— Sei, sei, a mesma coisa, a mesma resposta pronta. Meu Deus! — Então virou para Kane e começou a falar como um homem reprimindo frustração e uma raiva terrível, com uma voz cada vez mais grave e bélica enquanto falava. — Então, quero meu cinto voador, pode ser? Sim, claro, você nunca ouviu falar dele. Certo? *Até parece!* Agora faça a gentileza de admitir que você é capaz de ler meus pensamentos! Que minha espaçonave caiu no planeta Vênus! Que *estamos* em Vênus e você é um venusiano e invadiu ilegalmente minha mente para tentar me fazer acreditar que ainda estou na Terra! Não estou na Terra, e você não é um terráqueo. Estou aqui parado com fungos até meu traseiro — gritou Price —, e você é um *cérebro* gigante! — De repente, assumiu um tom conciliatório: — Vamos lá, me devolva meu cinto voador. Não vou usá-lo para fugir, eu juro!

Kane perguntou por que ele queria o cinto, e Price voltou à hostilidade ácida:

— Quero brincar de Tinker Bell vestido de mulher em uma produção fungoide de *Peter Pan*. OK? Está satisfeito? Agora, onde diabos ele está?

— Está chegando — respondeu Kane com calma.

— Mas por que ele *sumiu*? — perguntou Price. Então, ele inclinou a cabeça em um gesto conspiratório, sussurrando: — Ouça! O cérebro chamado Cutshaw diz que você não é um cérebro de jeito nenhum. E disse que seu nome é Sibylline Books. É verdade?

— Não.

— Maldição! Em quem posso *acreditar*? — gritou Price. Depois, ele abaixou a voz: — Ouça, ele me fez uma proposta. Disse que se eu lhe desse as coordenadas da fábrica no meu planeta que produz todos aqueles rádios CB, ele me devolveria o cinto. Ele quer bombardear a maldita fábrica. Mas fui leal. Entendeu? Eu disse não, que você ficaria chateado. Agora retribua, seu canalha! — De novo, a voz de Price estava alta e aguda. — Me ajude, ou talvez eu encontre uma maneira de *matar* você, de fazer você ter a enxaqueca final! Onde está o *cinto*?

— Logo vamos receber um.

— O que você acha que eu sou, estúpido? Por que raios você acha que meu governo me escolheu? Por que eu vejo a verdadeira bondade no espaço? Já perdi a paciência para truques e baboseiras! Entendeu? Arranje o cinto em 24 horas, ou você está encrencado! Agora vá se enrolar em folhagem ou o que quer que você faça antes de dormir! Estou bloqueando minha mente!

A saída de Price deixou Kane exausto. Ele deitou na cama e cobriu os olhos com o cotovelo. E, de repente, estava dormindo profundamente e sonhando: Chuva. A selva. O homem com a cicatriz em forma de Z no cenho. Kane estava ajoelhado ao lado de um corpo de novo, o franciscano. E alguém o estava caçando, chegando cada vez mais perto a cada segundo. O homem com a cicatriz o olhava de cima. Ele olhou para as mãos, que seguravam as extremidades de um fio coberto de sangue.

— Coronel, vamos sair daqui, vamos sair daqui, vamos...

De repente, o sonho foi invadido pelo grito de agonia de outra pessoa, e Kane levantou de um sobressalto, desperto. Estava confuso. Alguém precisava dele. O psiquiatra se deu conta, subitamente, que havia amanhecido. E fechou os olhos de novo. Alguém batia de leve na porta. Ele se levantou cansado para atendê-la, esperando encontrar um interno. Era Fell.

— Entre — disse Kane.

Fell entrou.

— Alguma coisa errada?

— Errada?

— Sim, o que foi? Posso ajudar?

Fell o encarou com atenção, depois balançou a cabeça e sentou em uma poltrona perto da cama. — Não, nada de errado. Pensei em dar uma olhada em você, ver como você está.

Kane sentou na beira da cama perto de Fell, que usava uma camisa e calça de brim. Ele acendeu um cigarro. Abanando a fumaça, ele olhou para Kane. — Jesus, você parece exausto. Você não dormiu?

— Bem tarde. Havia sempre um interno na porta com algum problema.

— Então tranque a porta — disse Fell.

— Não — respondeu Kane com veemência. — Preciso estar disponível sempre que precisarem.

— Ei, posso dizer uma coisa? — perguntou Fell. — Tenho uma suspeita de que essa coisa de bater constantemente na sua porta faz parte de um plano de convencê-lo de que eles estão doentes e de que isso tudo é real. E quero que você preste atenção em uma coisa: esses caras fizeram a mesma coisa comigo no meu primeiro dia aqui; e depois relaxaram... até você chegar. Então começou tudo de novo com você.

— Entendo — murmurou Kane. — Sim, eu entendo.

— Cutshaw é o líder, o maldito cabeça do plano; resumindo, ele é a maior encheção de saco. Assim... é o que eu acho. Você acredita se quiser. Quer tomar café da manhã?

— O quê? — Kane parecia atordoado.

— Você quer tomar café da manhã?

Kane parecia distante. Estava olhando pela janela. Chovia forte novamente. O céu estava escuro, e trovões distantes reverberavam e crepitavam. Ele fechou os olhos e abaixou a cabeça, segurando a junção dos olhos entre o polegar e o indicador.

— Há algo errado? — perguntou Fell.

Kane balançou a cabeça.

— Há algo certo?

— Esse sonho... — murmurou Kane.

— Qual?

— Me veio um flash de um sonho que se repete. Um pesadelo.

Fell levantou os pés e os apoiou no pufe. — Como Calpúrnia disse para Sigmund Freud, me conte seu sonho, e eu conto o meu.

— Não é meu sonho — disse Kane.

— Como assim?

— Eu disse que não é meu sonho — repetiu Kane em voz baixa. — Um paciente meu, um ex-paciente: um coronel que tinha acabado de voltar do Vietnã, ele tinha um pesadelo grotesco e recorrente. Algo que aconteceu com ele em combate, essa era a ideia central. E desde que ele me contou... — Kane fez uma pausa, e então encarou Fell com olhos atormentados. — Desde que ele me contou, fico tendo o mesmo sonho.

— Meu Deus — sussurrou Fell.

— Pois é. — Kane desviou o olhar. — É muito estranho.

— “Estranho” não é a palavra. Quero dizer, isso não seria levar a transferência longe demais?

Kane o fitou por um momento antes de responder. — Presumo que não haja problema em contar isto para você agora. — E olhou para o tapete no chão. — A esta altura, por que não? Ele era meu irmão.

— O paciente?

— Sim.

— Arram. Irmão *gêmeo*?

— Não.

— Bem, de qualquer modo é uma boa justificativa — comentou Fell. — Vocês estão sintonizados psiquicamente. Vocês são irmãos. São muito próximos.

— Não somos.

— Mas deveriam ser.

— Fell, você já ouviu falar do "Matador Kane"? — Kane o olhava nos olhos.

— Buck Rogers — grunhiu Fell.

— Não, não esse: Kane, o assassino da Marinha.

— Ah, sim, claro. Quem não ouviu falar nele? O guerrilheiro. Matou quarenta, cinquenta homens com as próprias mãos. Ou foram oitenta? Ei, espere um pouco! Você está dizendo que...

— É o meu irmão — disse Kane.

— Você está brincando!

Kane balançou a cabeça.

— Você está *brincando*! — Fell estava sentado com o corpo ereto e uma expressão de choque e satisfação simultâneos.

Kane desviou o olhar. — Adoraria estar.

— Ih... pelo visto, vocês não se dão bem, não é?

— Acertou.

— Quando vocês eram crianças, ele colocou rãs na sua cama à noite. Foi isso? Venha, deite e vamos fazer uma livre associação — disse Fell com ironia. — Fale do seu irmão.

— Ele é um assassino — disse Kane.

— Ele é um fuzileiro naval. Ele é jogado atrás das linhas inimigas e cumpre seu dever. Meu Deus, você está falando sério. — Fell franziu o cenho. — Qual é, cara, ele é um herói. — Então ele disparou: — Arrá! Rivalidade entre irmãos!

Kane disse: — Vamos esquecer isso.

— Tem certeza de que você sabe com o que está se envolvendo? Esses sargentos do centro de recrutamento podem ser sorrateiros.

Kane fechou os olhos e levantou a mão para Fell, com a palma para fora, um gesto que sugeria que Fell desistisse.

— Você é amigo de Jane Fonda? — pressionou Fell.

— Somos próximos.

— Você está de brincadeira.

— Estou.

Fell meneou a cabeça e levantou. — Quero um café. Você vem?

Kane continuou sentado. — Em um ou dois minutos. Preciso me trocar.

— Sim, claro. Como está seu irmão, a propósito? Sabe, eu o encontrei aquartelado na Coreia. Faz um tempo, mas eu me lembro dele. Um sujeito e tanto. Nós nos demos bem. Gostei dele. Aliás, gostei muito dele.

— Ele está morto — anunciou Kane.

— Oh, Deus. Ei, eu sinto muito. Sinto muito mesmo.

— Tudo bem. Foi por isso que contei sobre o sonho.

Fell parecia desolado. — Ouça, como que... — ele se interrompeu. — Esqueça. — Então, abriu a porta e apontou para abaixo. — Vejo você lá embaixo.

Kane assentiu.

Fell fechou a porta e procurou um cigarro com dedos trêmulos. Lágrimas escorriam por seu rosto.

SETE

Com o peito nu, Kane estava sentado na beira da mesa de exame da clínica. Fell continuou o check-up físico que Kane aceitara depois de muita insistência.

— Visão borrada? Sensação de descolamento em geral?

— Não.

Fell resmungou e levou o feixe de luz aos olhos de Kane. Depois, desligou a luz e a guardou no bolso do jaleco branco. Cruzando os braços, apoiou o corpo em uma parede e olhou para Kane.

— Se você não trancar a porta do quarto à noite nem atender os internos em horário comercial, vou recomendar descanso e transferência, doutor; e não vai demorar muito para que o processo corra, acredite em mim. Tenho todos os tipos de contatos, em locais estratégicos.

Nos últimos dez dias os internos, Cutshaw em especial, haviam submetido Kane a motins e ataques dia e noite.

— Estou falando sério — disse Fell. — Sendo franco, você está ultrapassando seus limites, simplesmente. Posso pedir sua transferência. Quer que eu peça?

As sobrancelhas de Kane se juntaram.

— O que eu tenho?

— Fadiga crônica, para começo de conversa. Taquicardia. Sua pressão está boa para um rinoceronte em investida. Que diabos você está tentando provar?

Kane abaixou a cabeça e ficou em silêncio. Em seguida, murmurou:

— Talvez.

— Talvez o quê?

— Possamos fazer algumas restrições. Uma ou outra. Vou pensar nisso.

— Viva! Agora você está sendo racional.

Nenhum dos dois viu Cutshaw espiando no *hall*, ao lado da porta aberta da clínica. Ao ouvir passos descendo a escada, o astronauta saiu às pressas, pálido e incomodado.

— Algum *insight*? — perguntou Fell. — Alguma resposta?

Kane tirou a camisa de um cabide que estava pendurado em uma vara. — Talvez sobre Cutshaw — respondeu, parecendo pensativo.

— Que tem ele?

— Ele continua insistindo comigo sobre Deus, sobre questões metafísicas. — Vestiu a camisa e começou a abotoá-la. — Alguns de nós acham que a raiz de todas as neuroses é o fracasso de um indivíduo em encontrar algum significado na vida, ou no universo. Uma experiência religiosa é a resposta para isso.

— É isso que Cutshaw quer? Religião?

— Ele quer que seu pai seja Albert Einstein e que Albert Einstein acredite em Deus.

— Então os homens não estão fingindo. É nisso que você acredita? Quero dizer, é isso que seu instinto está dizendo?

Kane simplesmente disse:

— Não sei.

Os dois deixaram a conversa nisso.

No dia seguinte, Kane estava parado no *hall* sozinho, observando uma pintura de um dos internos, quando Fell surgiu a seu lado.

— Como vai, garoto?

— Estou bem — respondeu Kane com seus olhos ainda fixos na pintura; era a da agulha atravessando o dedo.

Fell apontou para ela com um meneio de cabeça.

— Significa alguma coisa?

— Todas significam. São indícios do inconsciente de um homem. Como sonhos.

Fell acendeu um cigarro.

— E o *seu* sonho? — perguntou ele. — Continua acontecendo?

Em vez de responder, Kane comentou:

— Cutshaw não pinta. É uma pena. — E lançou um olhar pensativo para Fell, observando-o com cuidado. Um olhar atormentado enrugou a pele ao redor de seus olhos. — Sonhei com *você* ontem à noite.

— É mesmo? O que você sonhou?

— Eu não me lembro — disse Kane, ainda incomodado. — Foi alguma coisa estranha.

Os olhos dos dois homens seguiram a direção de latidos.

— Coronel!

Reno e seu cachorro surgiram ao lado deles. Sem fôlego, Reno disse:

— Coronel, estou com um problema. Você precisa me ajudar.

Fell disse:

— Faça um enema e me procure amanhã de manhã.

Reno curvou as mãos ao redor da boca para fazer sua voz ressoar.

— Dr. Fell, o senhor está sendo chamado para cirurgia. Coloque algumas agulhas de acupuntura onde elas forem mais necessárias. — Depois, encarou Fell e balbuciou: — Idiota! — Então virou para Kane. — Quero dizer que estou com um problema motivacional, não médico. Estou falando do problema da loucura de Hamlet. Tive uma discussão, coronel, séria, e eu gostaria que você a encerrasse de uma vez por todas. — Reno franziu o cenho. O cachorro se sentou sobre as patas traseiras a seu lado. — Ouça, eis o quebra-cabeça, a perplexidade, o fandango inusitado e misterioso. Você se importa se eu me sentar, a propósito?

— Vá em frente — respondeu Kane.

Reno sentou no chão.

— Então, alguns... — Ele deixou a frase no ar e olhou feio para Fell, que estava rindo, cobrindo a boca com a mão. Reno disse sombriamente: — Por que você não vai vacinar um maldito tatu, Fell. Suma, parceiro. Desapareça.

— Vamos para a minha sala — disse Kane.

— Vamos, claro.

Enquanto caminhavam, Kane retomou a conversa com cuidado.

— Você estava dizendo...

— Um homem adorável. Eu falava que alguns estudiosos de Shakespeare afirmam que quando Hamlet está fingindo estar louco, está louco *de verdade*. Correto?

Kane virou para olhar para Reno.

— Pois é — respondeu.

— Mas outros estudiosos shakespearianos dizem que quando Hamlet está fingindo estar maluco, ele *não* está maluco de verdade. Dizem que é fingimento. Portanto, coronel, venho até você como psiquiatra e como um gatinho indefeso e amigável. Por favor, me dê *sua* opinião.

— Eu gostaria de ouvir a sua primeiro — propôs Kane.

— Um psiquiatra incrível! Quanta classe!

Chegaram à sala. Kane ficou em pé, e Fell sentou no sofá. Reno ficou perto da porta com o cachorro.

— Certo — começou. — Vamos olhar para o que Hamlet faz. Primeiro, ele fica *perambulando* vestindo sua roupa de baixo. Certo? E isso é só o começo. — Reno começou a enumerar os argumentos com os dedos. — Depois, ele chama o rei de mãe; diz a um bom senhor, um trabalhador, que está senil; faz um escândalo em um evento de teatro, e depois começa a falar obscenidades para a namorada enquanto ela está sentada vendo a peça. Ela está ali somente como *espectadora*; por que teve que lidar com a boca suja de Hamlet?

Kane começou a falar, mas Reno interrompeu.

— Suja como uma sarjeta, a boca de Hamlet! Meu Deus Todo-Poderoso, é a namorada dele!

— Ofélia — resmungou Fell, soprando fumaça.

— Muito bem — chiou Reno. — Seu sigilo médico já era.

— O problema — insistiu Kane.

— Sim, o problema. O problema é este. Preste atenção! Considerando como Hamlet está agindo, ele está de fato louco?

— Sim — respondeu Kane.

— Não — disse Fell ao mesmo tempo.

Reno decretou:

— Vocês *dois* estão errados!

Kane e Fell se entreolharam com uma expressão impassível: Reno correu até a mesa de Kane e saltou sobre ela, sentando na beirada. E deu uma aula para Kane e Fell.

— Deem uma olhada no que acontece: o pai dele morre; a namorada o *abandona* de súbito; depois aparece o fantasma do pai. Já estava ruim o bastante, e aí o fantasma diz que foi assassinado. E por quem? Pelo tio de Hamlet! Que acabou de se casar com a *mãe* de Hamlet! Ouçam, *só* isso já é um gancho enorme; Hamlet, ele gostava da mãe... *muito*! Sabem, esqueçam isso: não quero falar *imundícies*. Só estou dizendo é que esse pobre coitado está, no *mínimo*, muito atormentado. E quando você vê que ele é um rapaz sensível, voluntarioso, todas essas coisas são o suficiente para fazê-lo enlouquecer. Em especial quando se considera que tudo isso aconteceu em um clima muito frio.

— Então Hamlet enlouqueceu — concluiu Kane.

— Não enlouqueceu, não — corrigiu Reno com rosto radiante. — Ele está fingindo. Mas... *mas!* ... se ele não fingisse estar louco, *teria* ficado louco!

O comportamento de Kane se tornou cada vez mais intenso e alerta. Seu olhar se manteve fixo em Reno.

— Sabe... Hamlet não é maluco — continuou o interno. — No entanto, ele está na beira do precipício. Um pequeno empurrão, sabe, um cutucão de leve, e o rapaz já era! Pinel! Doido de pedra! E Hamlet sabe disso! Não conscientemente; ele sabe *inconscientemente*, então seu subconsciente o obriga a fazer o que o mantém são, ou seja, agir como se estivesse louco! Porque agir como maluco é uma válvula de escape, uma forma de deixar o vapor sair, de se livrar da porra da judiação, de todas as culpas e os medos e...

Fell começou a interromper, e Reno o cortou com veemência, alertando:

— Olhe lá! Não fale imundícies.

— Eu nunca falo...

— Quieto! Eu conheço você: uma mente suja em uma clínica suja! Até seu fio dental é sujo!

Avidamente, Reno voltou-se novamente para Kane.

— Meu bebê, Hamlet *evita* enlouquecer *fingindo* estar louco, fazendo coisas ridículas e terríveis. E quanto mais louco é seu comportamento, mais *são* ele se torna!

— Sim! — sussurrou Kane. Havia um lampejo em seus olhos.

— Terríveis mesmo — continuou Reno. — Mas, enquanto isso, ele está em segurança, entendeu? Veja, se eu fizesse o que Hamlet fez na peça, seria internado, entendeu? Eu seria colocado em uma instituição psiquiátrica. Mas ele? O príncipe real boca-suja? *Ele* sai impune de qualquer coisa. E por quê? Porque *loucos não são responsáveis por suas ações*!

— Sim! — Kane estava agitado.

— *Hamlet* acha que está louco? — perguntou Fell.

— Qual é... nenhum louco acha que está — respondeu Reno com desdém. — Cristo, que *imbecil*.

Nem Kane nem Fell falaram nada. Reno continuou:

— Quem cala consente?

— *O homem que não vendeu sua alma* — murmurou Fell.

Reno balançou a cabeça com descaso.

Os olhos de Kane estavam febris.

— Eu acho — disse — que concordo com a sua teoria.

Triunfante, Reno se voltou para o cachorro.

— Viu! Está *vendo*, seu idiota, burro, estúpido? De agora em diante vamos fazer a cena do meu jeito! — E, virando para Kane, disse: — Deus abençoe suas artérias, coronel. — E saiu da sala, ralhando: — Vamos! Rip Torn, você não sabe de nada!

Kane sentou à sua mesa e olhou para o telefone. Depois de um silêncio, Fell se manifestou.

— Quero que você me escute — disse. — Groper estabeleceu algumas regras hoje, como, por exemplo, não poder visitar mais você depois das sete...

— Groper não devia ter feito isso! — interrompeu Kane.

— Fui *eu* que mandei.

— Você não tinha esse direito!

— Eu avisei: você está exigindo demais de si mesmo! — A voz de Fell estava intensa.

— Quero que as restrições sejam canceladas — disse Kane.

— Excelente! — Fell balançou a cabeça. — Aposto um dinheiro que a teoria do Hamlet é um estratagema inventado por Cutshaw para *fazer* você cancelar as restrições.

O rosto de Kane estava cheio de vida, animado.

— Algum comentário sobre isso, meu bebê? — perguntou Fell.

— Eu só queria — comentou Kane com fervor — ter certeza de que é isso!

— Oh, você pode ter certeza, sim. Dê uma olhada no armário de Cutshaw e vai encontrar um livro chamado *A loucura em Hamlet*. E sabe o que ele diz? A teoria que Reno acabou de explicar.

— Tem *certeza*?

— Tenho certeza.

— Então Cutshaw manipulou Reno a fazer isso!

— O que mais seria?

— Que bom! Se encaixa! — disse Kane.

— Como assim?

— A teoria do Hamlet está correta. É exatamente a condição da maioria desses homens! E Cutshaw mandar Reno para explicá-la é igual às pinturas ali no *hall*: os gritos disfarçados e apavorados de alguém pedindo nossa ajuda... e *nos dizendo como*!

— E esse alguém é Cutshaw?

— O subconsciente dele! — Kane pegou o telefone e apertou o botão do interfone. Então olhou para Fell: — Por acaso você saberia qual é o armário de Cutshaw?

— Não posso dizer. "Sigilo médico."

— Quero falar com Fort Lewis — ordenou Kane pelo telefone. Parecia animado. — Escritório do intendente. Obrigado.

Kane desligou e esperou a conexão.

— O que você está fazendo? — quis saber Fell.

— Vamos precisar de suprimentos.

— Para quê?

— Vamos dar a esses homens uma "válvula de escape", o máximo que pudermos. Vamos satisfazê-los de um jeito monumental.

— E como, precisamente, você propõe fazer isso? — perguntou Fell.

Kane explicou.

Fell parecia incomodado.

— Faça por escrito — recomendou ele. — Não acha melhor?

— É?

— Isso é um pouco inusitado para a maioria das pessoas, ainda mais se tratando da mentalidade militar — concluiu Fell. — Se eu fosse você, colocaria os argumentos no papel.

— Você acha?

— Dê aos imbecis algo para ver. Pedaços de papel para deixá-los mais seguros.

Kane parou para pensar. Em seguida, cancelou a ligação, e Cutshaw surgiu do nada, exclamando:

— Queremos interpretar *Fugindo do inferno*! — Ele bateu o punho na mesa de Kane. — Queremos pás, picaretas e britadeiras!

Fell concluiu que Cutshaw devia estar espionando no *hall*, do lado de fora da sala, enquanto Kane explicava sua nova abordagem. Ele pediu licença, voltou para seu quarto, telefonou novamente para o general do Pentágono e teve uma discussão. E perdeu. Naquela noite, o médico foi de avião para Washington e, bem cedo no dia seguinte, retomou a discussão pessoalmente. Desta vez, saiu vitorioso.

Quando voltou, Kane perguntou por onde ele andou.

— Um tio meu está com problemas — explicou Fell.

— Posso ajudar?

— Você está ajudando. Todo pensamento bom é a esperança do mundo.

OITO

O major Groper segurou o corrimão da balaustrada do segundo andar e olhou com incredulidade para o andaime onde Gomez estava, que rangia devagar a caminho do teto. Em sua empreitada para "pintar o teto como a Capela Sistina", Gomez misturava uma de diversas latas de tinta. Ele se ergueu perto do ajudante.

— Que tempo — comentou Gomez.

Groper disse:

— *Meu Deus do céu!*

Ele olhou para baixo. Uma matilha de cachorros de várias raças latia e uivava do lado de fora da área de serviço que dava para o *hall* principal. Krebs segurava a coleira deles. Groper viu Kane emergir de sua sala e ir até o sargento. A porta da área de serviço se abriu, revelando Reno agitado. Olhando em volta, ele ordenou:

— Fora! Saiam! Vão dar uma volta! — Um grande *chow chow* saiu da área de serviço, e Reno gritou atrás dele acidamente: — Diga ao seu maldito agente para nunca mais desperdiçar meu tempo! — Reno viu Kane e se aproximou dele, indignado. — Você pode imaginar? Ele *ceceia*! Aqui estou eu escalando o elenco de *Júlio César*, e os idiotas me mandam um cachorro que *ceceia*! — disse. Então virou e gritou para a área de serviço: — Você também, Nammack! Desapareça!

Nammack apareceu, vestindo uma nova fantasia azul e vermelha de Super-Homem.

— Mas por quê? — perguntou. — Diga *por quê*! Dê-me uma razão que faça algum...

Reno interrompeu, exasperado.

— Coronel Kane, pode me fazer um favor? Por favor? Você pode fazer a gentileza de explicar para este imbecil aqui que em nenhuma peça de Shakespeare pode haver um papel para o Super-Homem?

— Poderia haver, como eu expliquei — disse Nammack, amuado.

— Como você *explicou*! — Incrédulo, Reno virou para Kane. — Sabe o que ele quer? Quer ouvir? Quando os conspiradores sacam suas facas, ele quer resgatar Júlio César! Pelo amor de Deus! Quer dar um rasante como um foguete, pegá-lo e depois transpor os templos em um único movimento inacreditável! Ele...

Tinta caiu aos bocados, e Reno olhou para cima e viu Gomez.

— Louco maldito — murmurou ele. — *Maluco!* — disse para o sargento. — Próximo! — Krebs soltou a correia de um afghan hound ansioso. Reno o escoltou para dentro da sala. — Você trouxe alguma fotografia? — perguntou ao fechar a porta.

Price surgiu diante deles. Estava usando um traje espacial da NASA, com um cinto de simulação de voo nas costas. E falou por um sistema de alto-falante portátil acoplado ao traje.

— Alguma notícia da Terra? — perguntou a Kane em uma voz que ressoava eletronicamente. Em seguida, diminuiu o volume. — Desculpe. Alguma carta?

— Seu planeta solicitou seu retorno — respondeu Kane.

— Foda-se. Algum pacote? Quando eu estava em Marte, minha mãe mandava um *cheesecake* todo mês. Ela costumava usar embalagem de pipoca para manter a umidade. Toda essa merda sobre canais em Marte é um mito. Vá por mim, Marte é mais seco do que um cu no inferno.

Lá fora, soou uma sirene de ambulância; Fromme a estava dirigindo pela propriedade, testando o equipamento. Estava usando seu próprio estetoscópio, um traje de cirurgião e trazia uma maleta médica.

— Sim, Marte é seco — concordou Kane.

— Temos belos fungos lá. Úmidos. Eu gosto de coisas úmidas.

— Vou verificar se o *cheesecake* chegou — disse Kane.

— Cérebro gigante, você é legal — disse Price. — Eu apertaria sua mão, mas não sei lidar com os tentáculos. Meu Deus, não posso nem comer lula. Oh, desculpe. Sinto muito. Não quis ofender.

— Não me ofendi.

— Nunca se sabe o que vai irritar as pessoas em diferentes planetas. Certa vez, em Urano, eu disse "tomate" e fui parar na cadeia tão rápido que minha cabeça girava. O embaixador da Terra precisou me ajudar a fugir. As pessoas são sensíveis. Vocês, cérebros, usam roupas? Deixe para lá. Não responda. Não quero saber. Tabu. Isso é um perfume lá na Terra. Sabia disso? Vou dizer: este lugar é bom.

Groper observou e ouviu estupefato. Do lado de fora da propriedade, ele ouviu Fromme buzinando para Fairbanks, que estava vestido como Steve McQueen em *Fugindo do inferno* e estava andando de moto. Ele viu Kane andar lentamente até a porta do porão. Quando a abriu, o estardalhaço de uma britadeira se moveu pelo ar vindo de baixo, onde Cutshaw e a maior parte dos internos começaram de cavar um túnel.

No porão, Cutshaw gritou:

— Parem essa coisa por um minuto!

— Tudo bem.

Um interno desligou a britadeira.

Um silêncio forte e aveludado envolveu o grupo.

— Então, percebam — disse Cutshaw, que estava passando um sermão em alguns homens que estavam reunidos diante dele. Com uma varinha de madeira, ele bateu em um projeto preso a um cavalete. — O Túnel Um e o Túnel Dois são armadilhas. O Três é grande. O Três é de segurança máxima.

— Aonde ele dá, Grande X? — perguntou um interno ruivo chamado Caponegro.

O astronauta estava radiante.

— Meu filho, não vai a lugar nenhum. Curiosamente, esses túneis estão estritamente proibidos para Reno. Se o virem aqui, vão atrás dele imediatamente. Já vai haver deslizamentos suficientes sem a porra daqueles cachorros aqui embaixo. Vamos garantir que... — Cutshaw parou de falar quando notou Kane olhando para baixo pela porta no topo da escada. — Caribu divino, você é nosso! — gritou alegremente. — Apenas nosso e de mais ninguém!

Os homens começaram a gritar e a aplaudir. Groper não conseguiu mais ouvir.

— Jesus! — chiou. — Jesus Cristo! — E olhou para as próprias mãos. Estavam apertando o corrimão, e suas articulações estavam brancas.

Groper foi procurar o coronel Fell. Quando o encontrou na clínica, estava tremendo. Fell estava em sua mesa, conversando em voz baixa com Krebs, que estava sentado na beira da mesa de exames.

— Que diabos está *acontecendo*? — gritou o auxiliar, com a voz quase no limite. — Isso é *loucura*! Pelo amor de Deus,

Fell, o que está acontecendo? Você sabia que eles estão cavando túneis no porão? Os filhos da puta estão *cavando* lá embaixo! Eles têm uma britadeira!

— Ah, bem, até onde podem chegar? — indagou Fell, que tinha uma bebida na mão.

— A questão não é essa! — gritou Groper.

— Qual é?

— Essa coisa toda é *loucura*!

Groper começara o serviço como voluntário prestes a completar 18 anos. Para um homem de origem humilde, o serviço militar significava uma fuga das constantes humilhações da pobreza. Ele havia lido e relido *Beau Geste* e, na Marinha, ansiou por uma vida em busca da "imensidão azul", uma postura baseada na honra e na coragem e em ideais românticos. Os eventos bizarros da mansão e seu papel parcial de zelador foram o golpe definitivo no que quer que ele valorizasse em si mesmo.

— Alguém precisa fazer Kane parar! Pelo amor de Deus, ele não sabe que diabos está fazendo! Ele não sabe *merda nenhuma* sobre o serviço militar! Fui ver os arquivos: ele é um maldito civil, recebeu uma porcaria de uma patente direta seis meses atrás! Que diabos ele está fazendo no comando? Que raios ele está fazendo?

— Ele tem uma ideia de que, se realizar todas as fantasias desses homens, vai provocar uma catarse acelerada neles. Em outras palavras, eles vão se curar.

— Mas isso é ridículo!

— Você tem uma ideia melhor?

— Mas esses homens não estão doentes; estão todos fingindo!

— Ah, vá se foder, Groper.

As narinas cheias de veias de Groper se abriram. Ele lançou um olhar feio para o copo na mão de Fell.

— Você está bêbado — recriminou.

O sargento Christian entrou na sala. Estava trazendo uma pilha de caixas de papelão cheias de roupas. Colocou uma delas na mesa de exames.

— Seu uniforme, senhor — informou a Fell. — Acabaram de chegar. — Em seguida, olhou para Groper. — Coloquei o do senhor em seu escritório. Sobre a mesa.

— *Que* uniforme?

Ninguém respondeu.

Mais tarde, naquela noite, Groper irrompeu no escritório de Kane, que estava em sua mesa, olhando para a chuva. Kane não se virou quando o homem entrou.

Groper estava sem fôlego.

— Senhor, por que preciso usar isto? — exigiu saber.

Kane se virou devagar e olhou para o auxiliar. Groper usava um uniforme da Gestapo alemã dos tempos da Segunda Guerra Mundial. Assim como Kane.

— O quê? — perguntou o coronel. Seu olhar estava entorpecido e distante, e ele se encolheu como se estivesse com dor. Uma mão trêmula lentamente foi para sua testa. Ele parecia deslocado, incapaz de entender. — O que você disse? — repetiu.

— Eu disse: por que preciso usar isto?

Kane moveu a cabeça devagar, como se estivesse clareando a visão embaçada.

— Isso se chama psicodrama, major. É uma ferramenta terapêutica mais ou menos aceita. Os internos estão interpretando o papel de prisioneiros de guerra dos aliados tentando cavar um túnel para se libertar. — Kane pareceu estar apertando os olhos. — Somos seus capturadores.

— Somos os *prisioneiros* deles! — gritou Groper furioso. Seu conhecimento recém-adquirido de que Kane não tinha formação militar, o que, portanto, o tornava um civil a seus olhos, havia libertado o auxiliar de seu antigo medo inexplicável. — Nada além de paspalhos covardes fazendo a festa lá fora! — disparou. — Quero dizer... Jesus! Por que eu preciso ajudar a diversão deles? Não sou *psiquiatra*! Sou um *fuzileiro*! Por Deus... é uma imposição injusta, e acho que tenho o direito de...

Groper parou de falar e deu um passo para trás. Fervendo de raiva, trêmulo, Kane se levantou e o interrompeu com uma voz sussurrada, rouca e gélida que ganhava mais fúria a cada palavra:

— Jesus! Jesus *Cristo*, homem! Por que você não ama alguém um pouco? Por que não *ajuda* alguém, para variar? Ajude-os! Ajude! Pelo amor de Deus! Seu cretino, torturador de lagartas, coberto em sangue verde, você vai usar esse uniforme, tomar banho com ele, dormir com ele. Tente tirá-lo, e você vai *morrer* com ele! *Está claro?* — Kane se inclinou sobre a mesa, apoiando seu peso em dedos trêmulos.

Os olhos de Groper estavam arregalados. Ele recuou devagar até a porta. — Sim, senhor. — Ele estava em choque.

Atrás dele, a porta se abriu e o jogou no chão. Cutshaw entrou discretamente, olhou para Groper, arrancou a bandeira americana e colocou um pé no pescoço do major, anunciando:

— Eu reivindico este pântano para a Polônia!

— Groper, saia daqui! — ordenou Kane, trêmulo.

— Imediatamente — acrescentou Cutshaw, enquanto o auxiliar afastava a bandeira e rapidamente tentava se levantar. — E mantenha esse uniforme limpo. Vou indicar você para o Melhores do Show — continuou.

Groper desviou os olhos e saiu. Cutshaw ficou olhando por um momento, depois se voltou para Kane.

— E então? O que está acontecendo?

Kane estava na mesa de novo. Tinha a cabeça entre as mãos.

— Nada — respondeu. E olhou para Cutshaw. A compaixão invadiu seus olhos. — O que foi? — perguntou com gentileza. — O que posso fazer por você?

— Bem, para começar, major Strasser, meus homens precisam de instalações sanitárias adequadas a cada 15 metros do túnel. Pode providenciar isso?

— Posso — disse Kane.

Cutshaw olhou rapidamente para a parede que havia tentado escalar.

— Por acaso, você já consertou a maldita parede?

— Não.

— Mas vai *consertar*.

— Vou.

— Quem é você?

O rosto de Kane estava na sombra. Ele não respondeu.

— Quem é você? — repetiu Cutshaw. — Você é humano demais para ser humano. — A expressão em seu rosto se tornou suspeita. Ele foi até a mesa. — Eu gostaria de um pirulito — anunciou, emburrado.

— O quê?

— Um pirulito, um doce num palito. Pode me dar um?

— Por quê?

— Certo, então você não é Pat O'Brien. Pat O'Brien teria me dado um pirulito sem fazer um interrogatório ou checar minhas malditas credenciais. Quem diabos é você? Todo esse suspense é um pé no saco. Talvez você seja P.T. Barnum — arriscou. — P.T. Barnum massacrava cordeiros. Ele montou uma jaula em sua performance de circo, sabe, e colocou uma pantera e um cordeiro juntos. E não aconteceu nada. Huddy, o público ficava louco! Diziam: "Veja, uma pantera e um cordeiro, e eles nem discutem! Nem *discutem*!" Mas, Hud, o que o público nunca soube é que nunca era o mesmo cordeirinho. E a maldita pantera comeu um cordeiro todo santo dia no intervalo por trezentos dias e então levou um tiro porque pediu molho de menta. Animais são inocentes. Por que devem sofrer?

— Por que os homens devem sofrer?

— Ah, qual é, isso é uma armadilha. Para a qual você já tem as respostas, como: a dor enobrece o homem e como um homem poderia ser mais do que um panda que fala e joga xadrez se não houvesse pelo menos a *possibilidade* de sofrimento? Mas e os animais, Hud? A dor enobrece os perus? Por que a criação toda é baseada em cão comendo cão, nos peixes pequenos sendo comidos pelos peixes grandes, animais gritando de dor; a criação toda, uma ferida aberta, um maldito abatedouro?

—Talvez as coisas não fossem assim no começo.

— É mesmo?

— Talvez "pecado original" seja apenas uma metáfora para uma terrível mutação genética em todos os seres vivos muito, muito tempo atrás. Talvez tenhamos causado essas mutações de alguma forma: uma guerra nuclear que envolvesse o planeta inteiro, quem sabe? Eu não sei. Mas talvez seja o que queremos dizer com "Queda"; e o motivo pelo qual dizemos que bebês inocentes herdaram o pecado de Adão. Genética. Somos mutações; monstros, se preferir.

— Então por que o Pé simplesmente não nos *diz* isso? Por que, por Cristo, ele não pode apenas fazer uma aparição no alto do Empire State Building e nos pregar sua palavra? Então todos ficaríamos bem! Qual é a porra do problema dele? Faltam-lhe tabuletas de pedra? Meu tio Eddie é dono de uma pedreira; posso lhe conseguir por atacado.

— Você está pedindo milagres — observou Kane.

— Estou pedindo para que o Pé foda ou saia de cima! Deuses estranhos e excitados estão esperando na fila!

— Mas...

— Um ônibus cheio de órfãos caiu de um precipício hoje! Ouvi no noticiário.

— Talvez Deus não possa interferir em nossos problemas.

— Pois é, foi o que notei. — Cutshaw sentou no sofá.

— Talvez Deus não possa interferir porque fazê-lo estragaria o plano dele para algo no futuro — sugeriu Kane. Havia um cuidado na voz e nos olhos dele. — Alguma evolução do homem e do mundo — prosseguiu — que é tão inimaginavelmente linda que vale todas as lágrimas e toda a dor do sofrimento de cada ser que já viveu. E, talvez, quando chegarmos a esse momento, vamos olhar para trás e dizer: "Sim, sim, estou feliz que tenha sido assim."

— Eu digo que isso é história da carochinha.

Kane se inclinou para frente.

— Você está convencido de que Deus está morto por causa do mal que há no mundo?

— Correto.

— Então por que você não acha que ele está *vivo* por causa de toda a *bondade* que há no mundo?

— Que bondade?

— Por toda parte! Está à nossa volta!

— Depois de um resposta tão entusiasmadamente iludida, sinto que devo encerrar esta discussão.

— Se não somos nada além de átomos, apenas estruturas moleculares que não são diferentes na essência desta mesa ou desta caneta, então como pode haver amor neste mundo? Estou falando de um amor como o amor de Deus. Como pode um homem dar a vida por outro?

— Nunca aconteceu — disse Cutshaw.

— Claro que aconteceu. Acontece o tempo todo.

Kane não estava argumentando sem paixão: ele estava envolvido no debate.

— Me dê um exemplo — exigiu Cutshaw.

— Mas é óbvio que é verdade.

— *Me dê um exemplo!* — Cutshaw estava de pé e havia marchado até a mesa, confrontando Kane.

— Um soldado se joga sobre uma granada sem pino para impedir que os outros homens de seu pelotão sejam atingidos.

— É um arco reflexo — disparou Cutshaw.

— Mas...

— Prove que não é!

Kane olhou para baixo e examinou seus pensamentos. Então olhou para Cutshaw e disse:

— Certo. Uma sobrevivente de naufrágio no meio do oceano descobre que está com meningite e deliberadamente se joga do bote salva-vidas, se afogando para impedir que os demais sejam contagiados pela doença. Agora, do que você chama isso? Arco reflexo?

— Não, eu chamo isso de suicídio.

— Suicídio e desistir da vida não são a mesma coisa.

— Você é tão burro que chega a ser adorável.

— A essência do suicídio é o desespero.

— A essência do suicídio — devolveu Cutshaw — é ninguém poder receber o seguro.

Kane começou a responder, mas o astronauta falou mais alto:

— Todos os exemplos que você está tentando me dar ou vai me dar podem ser explicados.

— Da mesma forma que você usou para explicar a mulher no bote salva-vidas?

— Ela podia ter filhos naquele bote, o que transforma sua ação em instinto materno. Talvez alguém a tenha empurrado.

— Não exatamente — disse Kane, com um movimento de cabeça.

— Como diabos *você sabe*? Você estava lá?

— Não, claro que não. É apenas um exemplo.

— Certo! É exatamente o que estou dizendo! É aonde quero chegar: Quem diabos pode dizer se todos os exemplos que estamos ouvindo são bobagem, ou se não têm alguma explicação ridícula e basicamente egoísta?

— *Eu* sei — declarou Kane com firmeza.

— Eu não sei! Agora me dê um, apenas um exemplo, que você conheça *pessoalmente*.

Kane ficou em silêncio; os olhos em Cutshaw, ardendo misteriosos.

— Apenas um! O sujeito da granada, talvez?

Kane olhou para a mesa.

O tom de Cutshaw se tornou desolado.

— Foi o que pensei — murmurou. Então subitamente ficou animado, maníaco. — Amanhã é domingo — anunciou. — Quero que você me leve para a missa.

— Mas seu Deus está morto — disse Kane.

— Isso mesmo. Mas tenho um interesse profundo e mordaz pelo estudo de cultos primitivos. Além do mais, amo adorar estátuas, contanto que não tenha que olhar para os pés delas. Você já viu alguma coisa mais indecorosa do que os pés de uma estátua do velho São José com pintura desbotada e o gesso vagabundo trincado nos dedos? É pura vulgaridade. Vou ficar quieto e me comportar, Hud, eu juro. Por favor! Vou só sentar e ter pensamentos devotos. Pode ser?

Kane estava em silêncio, pensando.

— Certo, frondes. Posso pensar em frondes? Ou então eu fico lá sentado quieto pensando em pianos! — Ele aproximou o rosto do de Kane. — Eu quero ir — disse com delicadeza. — Mesmo.

Kane concordou em levá-lo. Cutshaw deu passos largos pela sala, eufórico. Então saiu correndo pelo pátio, com os braços envolvendo o peito enquanto um vento frio corria e a esfera laranja solar descia da linha das árvores para a escuridão. Groper estava parado na janela de seu escritório, observando-o. Ele viu Krebs e Christian irem para o pátio. Os dois sargentos usavam uniformes das tropas nazistas, cada um com um rifle no ombro e um pastor alemão a tiracolo. Montaram guarda a uma distância do perímetro externo do jardim e começaram a patrulhar. Quando Cutshaw os viu soltou um grito de entusiasmo. Groper balançou a cabeça. Iria checar o arquivo de Kane novamente. Ele se lembrou de um parágrafo que falava sobre seus métodos psiquiátricos. Uma palavra escapara. Seria "originais"? "Inconstantes"? Ele pediu para um auxiliar de escritório procurar o arquivo e colocar outro marcador no de Fell, que não apareceu. Ele folheou os papéis em sua mesa e notou que um novo interno iria chegar. Então chamou um atendente e lhe pediu para preparar uma cama.

Krebs e Christian patrulharam até as 11, quando as luzes se apagaram. Uma vez, mais cedo, eles se aproximaram um do outro vindo de cantos opostos do pátio, pararam brevemente no mesmo quadrante, e Krebs declarou:

— Aposto que meu cachorro selvagem consegue lamber *seu* cachorro selvagem.

Christian não ficou tentado a responder, e os sargentos continuaram caminhando sem serem vistos conversando pelo resto da noite.

Na manhã seguinte, pouco antes das sete, Kane estava sentado esperando seu carro oficial, depois de mandar Krebs buscar Cutshaw. Quando o astronauta finalmente apareceu, estava usando um uniforme cáqui limpo e engomado. Seu cabelo estava duro de vaselina e seu rosto bem barbeado, mas continuava usando tênis e seu paletó de faculdade surrado, e uma gola bebê exagerada, amarrada com um laço vermelho-vivo. No começo, Kane insistiu que ele tirasse a gola e os tênis, mas acabou cedendo quando Cutshaw argumentou:

— O Pé cagaria para o que eu visto.

Eles foram de carro até a igreja, uma construção modesta em forma de A na costa da cidade de Bly. Chegaram alguns minutos atrasados.

Quando saíram do carro oficial, de repente Cutshaw pareceu horrorizado e segurou a mão de Kane. E não soltou mais até depois de entrarem na igreja.

No vestíbulo, Kane parou para mergulhar a mão na fonte de água benta, e Cutshaw caminhou rapidamente na direção da parte da frente da igreja, andando com os pés para dentro e os ombros abertos. Quando chegou ao banco da frente, parou e chamou Kane com um sussurro alto;

— Hud, aqui! Vamos ver as estátuas!

Kane foi até o altar, ignorando os olhares curiosos dos fiéis. Ele genufletiu fora do banco, depois se levantou e se ajoelhou novamente ao lado do astronauta. Cutshaw estava de joelhos com o corpo rígido, olhando devotadamente para o padre, cujas mãos estavam levantadas, de costas para os fiéis.

— Aquele é Edgar Cayce? — perguntou, com uma voz que chegou até o altar.

O padre parou por um instante e olhou em volta, para depois retomar a missa.

Cutshaw ficou quieto até o sermão, que falava do bom pastor que estava disposto a "dar a vida por seu rebanho". Sempre que o padre fazia algum comentário incisivo, Cutshaw aplaudia ou murmurava "Bravo!" O padre, um ex-missionário que havia passado boa parte da vida na China, supôs que Cutshaw estava bêbado e que certamente não seria um incômodo maior do que bebês berrando ou déspotas gritando. Quando o astronauta aplaudia, ele levantava um pouco a voz e fazia uma oferenda a Deus.

Quando chegou o momento do ofertório, Cutshaw pediu cinco centavos em voz alta. Kane lhe deu um dólar. Mas quando a cesta da coleta foi colocada nas mãos dele, Cutshaw a segurou com firmeza e enfiou o nariz nela, cheirando furiosamente. Em seguida, ele a dispensou. E guardou o dólar no bolso, amassando-o.

Kane virou para observá-lo quando se ajoelharam no momento da consagração. Cutshaw estava com as mãos unidas diante do corpo enquanto olhava para o altar, e sua cabeça pequena estava banhada pela luz do sol que entrava num feixe estreito pelo vitral. Parecia um desenho de coroinha saído de um cartão de Natal.

Cutshaw se comportou com decoro durante o restante da missa, com exceção de uma parte, quando se levantou e declarou:

— Bondade infinita é criar um ser que você sabe de antemão que vai reclamar.

Quando estavam caminhando para a saída, o astronauta mais uma vez segurou a mão de Kane. Do lado de fora, nos degraus, ele se virou e comentou:

— Curti.

Ficou em silêncio na viagem de volta até o carro para na porta da mansão. Então, disse em uma voz infantilizada:

— Obrigado.

— Por que você guardou o dólar? — perguntou Kane.

— Para pirulitos — respondeu Cutshaw e entrou na mansão. Para logo sair de novo. — Se você morrer primeiro, e se houver vida após a morte, você me manda um sinal? — pediu.

— Vou tentar.

— Você é sensacional.

Cutshaw agachou. Uma garoa começou a cair. Kane olhou na direção do trovão distante. Entrou no *hall* principal da mansão e encontrou Fell, que estava afivelando o cinto de seu *trench coat*.

— Cutshaw se comportou? — perguntou.

— Como sempre — respondeu Kane.

— Por que você o levou?

— Ele queria ir.

— Pergunta estúpida.

— Aonde você vai?

— Até a praia.

— Está frio e está chovendo — comentou Kane.

Fell o fitou de um jeito estranho.

— Estou indo lá para comer, não para nadar, meu velho. Tem um lugar com ótimos ovos Benedict. Que tal uma porção? Vamos lá.

— Não, acho que vou deitar um pouco. Estou cansado. — Fell lançou um olhar inquisidor. — Com licença — disse Kane. E passou por Fell na direção da escadaria.

— Claro, desculpe — respondeu Fell. — Eu esperava que você fosse e pagasse conta.

Kane, que parecia distraído, continuou caminhando. Fell balançou a cabeça. E mudou de ideia sobre sair. Foi para o refeitório em busca de café e não viu Krebs saindo do escritório de Kane. O sargento foi correndo atrás dele.

— Coronel? Coronel Kane, senhor?

Kane parou e deu meia-volta no alto da escada. Havia bolsas pesadas e escuras sob seus olhos. E dor. Esperou Krebs alcançá-lo.

— Coronel?

— O que foi?

— Bem... é o sujeito novo, senhor.

— O sujeito novo?

— O novo interno, coronel. Ele chegou mais ou menos meia hora atrás. Eu o coloquei no seu escritório. Achei que o senhor não fosse querer misturá-lo com os outros até... bem... até... lhe explicar as coisas. Ele parece... bem... bem normal, senhor. Apenas fadiga de combate, pelo jeito. É tudo o que sei.

— Chego lá em um minuto.

— Muito bem, senhor.

Krebs voltou pela escada.

Kane entrou no quarto. Trancou a porta e foi até o banheiro, onde pegou o vidro de Aspirina do espelho e balançou o conteúdo até alcançar os cem miligramas de Demerol que havia furtado do armário de remédios. Tomou três; nada menos do que isso aliviaria a dor.

Desceu para o escritório. Quando abriu a porta, Cutshaw se aproximou.

— Você pode, por favor, falar com Reno? — reclamou o astronauta. — Ele pode tirar os malditos cachorros dos túneis? Já tem deslizamentos suficientes lá embaixo.

— Sim, eu falo com ele — disse Kane. Sua voz parecia calma.

— Quero falar sobre a ressurreição de Cristo — anunciou Cutshaw. — Você acha que foi corpórea?

— Podemos falar sobre isso depois — disse Kane.

— Não, *agora*! — Cutshaw escancarou a porta.

O recém-chegado, um tenente fuzileiro chamado Gilman, estava sentado no sofá, com uma bolsa de lona úmida de chuva a seus pés. Havia uma cicatriz em forma de Z em seu cenho, bem acima do olho direito. Olhou para Kane, assustado.

— Eu não acredito — pronunciou o tenente. — "Matador" Kane!

NOVE

No outono de 1967 ele estava no Vietnã no comando de um campo de Forças Especiais, ao sul de uma zona desmilitarizada e perigosa. Certa vez, ao final de uma missão especialmente arriscada, um segundo tenente o encontrou parado ao lado de uma árvore em um ponto de encontro. Estava olhando distraidamente para o anoitecer.

— Coronel Kane! — sussurrou o tenente. — Sou eu... Gilman!

A cabeça de Kane estava baixa. Ele não respondeu.

Gilman apertou os olhos na penumbra, se aproximou e notou o sangue fresco manchando a camuflagem de graxa que cobria o rosto de Kane. Ele acompanhou o olhar do coronel até o chão da mata e viu o corpo frágil e sangrando do vietcongue que vestia um pijama preto. Estava sem cabeça.

— Você tem um Charlie — disse Gilman, num tom impassível.

— É só um garoto. — A voz de Kane estava distante. Ele levantou os olhos para Gilman sem olhar. — Ele falou comigo, Gilman.

Gilman o encarou com desconforto. Kane estava com o corpo levemente afastado dele.

— Tudo bem, senhor?

— Eu cortei a cabeça dele, e o garoto continuou falando, Gilman. Ele falou comigo depois que o matei.

Gilman estava alarmado.

— Venha, senhor. Vamos embora — pediu. — Está ficando claro.

— Ele me disse que eu o amava — disse Kane sem entonação na voz.

— Jesus, esqueça isso, coronel! — O rosto de Gilman estava perto do de Kane. Ele apertou o braço do coronel com dedos pesados.

— Ele era só um garoto — continuou Kane. Então Gilman olhou horrorizado quando Kane levantou as mãos. Nelas ele embalava a cabeça cortada do que parecia ser um garoto de 14 anos. — Viu?

Gilman suprimiu um grito. E derrubou a cabeça das mãos do coronel com selvageria. Ela rolou pelo declive até finalmente bater contra uma árvore.

— Oh, meu Deus — gemeu Gilman.

Depois de um tempo, ele conseguiu fazer Kane voltar para a base. Mas quando foi colocado na cama, ele ainda estava em um estado parecido com um transe. Um auxiliar médico registrou o incidente, notando que Kane requereria mais observação.

Na manhã seguinte Kane se comportou de maneira normal e continuou suas tarefas. Ele parecia não se recordar da cabeça. E, nos dias seguintes, se perguntaria por que o tenente Gilman sempre o encarava com uma expressão estranha quando o via. Kane fez questão de que Gilman nunca mais o acompanhasse em uma missão. Mas não sabia identificar a razão para isso. De alguma forma, parecia mais eficiente.

Cerca de duas semanas depois do incidente, Kane estava parado perto da janela do barracão cheio de sacos de areia de seu auxiliar. Estava olhando para a chuva torrencial que não dava trégua havia quatro dias. O auxiliar, um capitão de olhos escuros chamado Robinson, estava perto de uma máquina de telex que cuspia mensagens, dois centímetros e meio por vez. O barulho estava num compasso agourento com a chuva.

De repente, Kane teve um sobressalto e voltou a relaxar. Pensou ter ouvido uma voz vinda da selva: um único grito que soava como "Kane!". Então viu o pássaro levantar voo da copa das árvores e se lembrou do grito de sua espécie.

Havia um tremor inexplicável em seus dedos, uma contração em seus ossos: eles foram seus companheiros desde que tinha chegado ao Vietnã; junto com a insônia. E, quando dormia, era assombrado por sonhos, pesadelos assustadores, sempre esquecidos. Ele tentava se lembrar, mas não conseguia. Havia até mesmo vezes em que dizia para si mesmo no sonho que daquela vez se lembraria. Mas nunca o fez. O único legado de cada manhã úmida era o suor e o zumbido dos mosquitos. No entanto, os sonhos nunca o deixaram. Ainda percorriam sombriamente sua corrente sanguínea. Atrás dele, podia notar rastros vagos, sentir olhos ameaçadores fixos em alguma presa fácil dentro dele. Ele estava movido pela premonição de um desastre.

A máquina de telex batia seus dentes sem pausa.

— Você não pode desligar essa porra?! — disparou Kane.

— Ordens especiais chegando, senhor — explicou Robinson.

A máquina ficou em silêncio. Robinson arrancou a mensagem.

Quando olhou para frente, o coronel havia desaparecido, e a chuva entrava pela porta aberta. Robinson saiu com a mensagem e viu Kane andando em direção à mata; estava sem casaco, sem chapéu, instantaneamente encharcado pela tempestade violenta. Robinson balançou a cabeça.

— Coronel Kane, senhor! — chamou.

Ele parou de súbito e, em seguida, deu meia-volta. Suas mãos estavam em concha na frente de seu corpo, como uma criança recolhendo chuva; Kane olhava para elas.

O auxiliar agitou a mensagem.

— É para o senhor!

Kane voltou devagar para o barracão e ficou parado em silêncio encarando Robinson. Gotas d'água pingavam da barra de sua calça e de suas mangas, formando uma poça no chão.

O telex recebera uma série de ordens especiais designadas para Kane pelo estado de Washington. Robinson parecia pesaroso quando as entregou.

— Meu Deus, é óbvio que foi um engano, senhor. Algum computador meia-boca deve ter cometido um erro. — O auxiliar apontou para as palavras. — Está vendo? Seu número de série está errado, e sua especialidade ocupacional militar aparece como "psiquiatra". Deve haver outro coronel Kane.

— Sim — murmurou Kane. Ele meneou a cabeça. Em seguida pegou a mensagem de Robinson e olhou para o conteúdo. Seus olhos estavam vívidos de resistência. Finalmente, amassou o pedaço de papel com a mão e saiu pela chuva de novo, caminhando até desaparecer de vista. Robinson ficou olhando para a tempestade. Seu coração estava pesado. O comportamento recente de Kane fora irregular. E não passou despercebido.

* * *

A NOITE CAIU DE REPENTE. O auxiliar andava por seu alojamento, nervoso e fumando sem parar. Kane havia sumido fazia horas. O que fazer? Mandar uma patrulha? Gostaria de evitar isso se pudesse, evitar a necessidade de explicar que "o coronel Kane foi caminhar na chuva sem chapéu, sem casaco, mas achei que condizia com seu comportamento recente, que estava frequentemente errante". Ele sentia vontade de proteger o coronel. Todo mundo tinha por Kane uma mistura de reverência, desgosto e medo, mas ele tratava Robinson com gentileza, às vezes até com carinho, e o deixava ter um vislumbre, de tempos em tempos, da sensibilidade presa dentro dele.

Robinson esmagou um cigarro, pegou seu cachimbo e mastigou a haste. Então viu Kane parado e ensopado na entrada. Estava sorrindo ligeiramente para o auxiliar.

— Se conseguíssemos limpar o sangue, você acha que poderíamos encontrar onde escondemos nossas almas? — perguntou. Antes que Robinson pudesse responder, Kane foi embora e atravessou o corredor até seu quarto. O auxiliar ficou ouvindo os passos e o barulho abafado da porta abrindo e fechando.

Na manhã seguinte, Kane disse para Robinson que, apesar das discrepâncias nas ordens, achava que estavam corretas a respeito do conteúdo. Ele iria para Washington.

Robinson sabia que teria de relatar isso.

* * *

— Quando ele chegou aos Estados Unidos, tinham identificado o erro. — Fell estava sentado na beira da mesa de exames da clínica. Havia sacado um cigarro do maço e, com as mãos trêmulas, riscou um fósforo. Inspirou a fumaça e a expirou. — A essa altura estava claro que ele pretendia seguir em frente.

Fell segurou o palito apagado e olhou para um anúncio na caixa de fósforos amassada, uma escola técnica prometendo emprego. Em seguida, virou devagar para o rosto sombrio e chocado de cada um dos homens que tinha reunido na clínica: Groper, Krebs, Christian, os auxiliares médicos — e Gilman.

— Tinham ouvido muitas histórias sobre o colapso dele. Parecia estar à beira de um surto muito grave. Mas aceitar este cargo foi a gota d'água. Ele atingiu seu limite. — Fell balançou a cabeça, em seguida continuou. — Mas como dar essa notícia a um homem com um histórico desses?

Groper olhou para baixo, para a série de ordens em sua mão. Balançou sua cabeça leonina, impressionado. Então, empurrou as ordens na direção de Fell. — Essas suas ordens — disse a ele — são reais?

Fell assentiu.

— Pode acreditar — respondeu com firmeza. Depois pegou um cigarro. — Esta não é a área de Kane. — As palavras saíram com gentileza, junto com a fumaça. — Na Segunda Guerra Mundial ele era um piloto de caça. Então, uma vez, teve de saltar de paraquedas atrás das linhas inimigas e teve de lutar para voltar. Nessa ocasião ele matou seis. Aconteceu de novo. E ele matou mais cinco. Então o quartel general viu que o homem tinha talento. Ele foi transformado em especialista. Ele era deixado atrás das linhas em missões secretas e tinha de voltar da melhor maneira que pudesse. Sempre voltava. E matava muitos inimigos. Muitos. Com uma faca. Com as mãos. Na maioria das vezes com um arame. E isso o devastou. Ele era bom. Um bom homem. Colocávamos aquele arame nas mãos dele e dizíamos: "Vá pegá-los, rapaz! Vá pegá-los por Deus e pelo país! É seu dever!" Mas parte dele não acreditava, a parte boa. Essa foi a parte que puxou a tomada. Então um computador cometeu um erro e deu ao pobre coitado uma meia saída: uma maneira de buscar ajuda sem enfrentar sua doença; uma forma de se esconder, de se esconder de si mesmo; e uma forma de lavar o sangue: uma forma de pagar sua penitência pelas mortes... curar. Sabe... no começo era só fingimento — continuou Fell. — Mas em algum momento na viagem de volta do Vietnã se tornou algo maior, muito maior. Seu ódio pelo Kane que matava se transformou em negação; e com o tempo a negação se tornou tão avassaladora que apagou totalmente a identidade de Kane: ele suprimiu o Kane que matava e se tornou sua parte boa... completamente. Exceto quando ele sonhava. Em seu estado consciente, era Kane, o psiquiatra. E qualquer coisa que contrariasse essa crença era negada e incorporada ao seu sistema ilusório.

Fell olhou para as cinzas presas ao cigarro; estavam longas. Curvou a mão embaixo delas e bateu.

— Oh, meu Deus, ele tinha tudo — comentou, balançando a cabeça. — Estados de fuga, complexo de salvador, as enxaquecas. Todos vocês devem ter visto alguma coisa... a dor. Foi isso que o viciou nas drogas.

Krebs olhou para o chão como se estivesse constrangido.

— Krebs sabia — disse Fell.

Krebs assentiu, ainda de cabeça baixa, enquanto os outros se voltavam para ele.

— De qualquer modo, falei com eles para fazerem vista grossa — retomou Fell o relato. — Foi um experimento. Em parte; era parte do experimento. Então o deixaram continuar. Kane estava dentro do problema, olhando de fora... um interno agindo como psiquiatra e enfrentando o problema como nada já visto por nós antes. Esperamos que ele talvez tivesse algum *insight* novo. Estranhamente, acho que ele o fez. Acho que os outros internos estavam reagindo a ele. Mas hoje Kane teve um retrocesso. Um retrocesso bem ruim. Ruim de verdade. Sabe... sua grande esperança de curar a si mesmo era purgar sua culpa com um ato de heroísmo, curando os outros homens ou, pelo menos, ver uma melhora. Mas isso leva tempo... tempo e a ajuda de vocês.

Fell gesticulou para Groper.

— Você viu minhas ordens. Estou no comando. Mas quero que o coronel Kane continue sua atuação.

Depois, se voltou para Gilman:

— Gilman, quero que você tente convencer os outros internos de que se enganou. Não deve ser muito difícil fazer isso por aqui. Você pode fazer isso, Gilman, por favor? Pode fazer isso? — Havia um tom de súplica em sua voz.

— Ah, sim, claro — respondeu Gilman sem hesitar. — Claro. Sem dúvida.

— Obrigado. — Fell virou-se para o auxiliar. — Groper, você e o resto da equipe vão corroborar Gilman. Eu também.

Groper tirou os olhos das ordens, confuso.

— Coronel, vamos ver se eu entendi. Você esteve no comando aqui o tempo todo?

Fell assentiu. — Isso mesmo — respondeu. — Ele é Vincent Kane. Eu sou Hudson Kane. Eu sou o psiquiatra. Vincent é meu paciente. — Os olhos de Fell estavam marejados, e sua voz começando a oscilar. — Quando éramos crianças, eu sempre o fazia rir. Eu era um palhaço. E estou tentando ajudá-lo... a lembrar de mim. Mas ele não consegue.

E, não conseguindo mais conter as lágrimas, ele disse:

— Ele é meu irmão.

DEZ

Kane acordou em seu quarto. Estava deitado na cama, totalmente vestido. Sentou-se com a constatação de que alguma coisa estava errada. Viu seu irmão inclinado para frente em uma cadeira perto da cama, com uma estranha expressão de preocupação em seu rosto.

— Como você está se sentindo?

Vincent o encarou sem entender.

— O quê? O que está acontecendo? — perguntou. — O que aconteceu?

— Você desmaiou. Não lembra?

Vincent parecia perturbado. E balançou a cabeça.

— Do *que* você se lembra?

— De nada. Eu estava caminhando para o meu quarto e agora estou aqui. — Parecia confuso. — Eu desmaiei?

Hudson o encarou fixamente. — Você se lembra do novo interno?

— Novo interno?

— Não lembra.

— De que diabos você está falando? O que está acontecendo? — Ele parecia bravo.

O vidro da janela se quebrou, e uma pedra voou para dentro do quarto. Acertou uma parede, caiu em um criado-mudo e quicou para o chão. Furioso e histérico, Cutshaw gritou do pátio da mansão:

— Me fale tudo sobre Deus, seu canalha assassino! Me fale de novo sobre a bondade no mundo! Desça aqui com seu arame! Venha aqui!

O psiquiatra olhou ansiosamente para seu irmão. E viu a consternação em seu rosto.

— Krebs... imbecil maldito — murmurou. — Ele deixou um pacote da mãe de Cutshaw passar sem se dar ao trabalho de abrir. Eu *sabia* que era bebida.

— Desça aqui! — gritou Cutshaw. — Venha aqui com seu arame! — Então vieram prantos e um grito angustiante: — *Eu precisava de você!*

Vincent Kane observava anestesiado. O sangue estava começando a se esvair de seu rosto. Seu irmão se levantou e foi rapidamente até a janela. Ele viu Cutshaw fugindo. Fez um cone com as mãos e gritou:

— Fale para sua mãe mandar alguma mistura!

Então voltou para a cama e sentou ao lado de Vincent. Enquanto checava o pulso do irmão, comentou:

— Esse mijo de pantera da Califórnia vai matar você. Ouvi dizer que fez nascer pelo em um marisco uma vez. Juro.

Seu irmão o estava encarando, sem piscar.

— Ele estava bravo — disse Vincent. — Isso é muito estranho.

Lá fora, os dois ouviram o barulho de um motor de motocicleta. Alguém gritou:

— Cutshaw!

Groper. A motocicleta se afastou.

Vincent Kane se levantou da cama e foi até a janela a tempo de ver a moto atravessar a barreira de madeira no portão da guarda. Seu irmão parou atrás dele.

— Ele colidiu com o portão da guarda — disse Vincent, alarmado e confuso.

— Só mais uma parte do espetáculo da vida.

— Por que ele faria isso?

— É sábado à noite.

Vincent Kane parecia profundamente perturbado. Encostou o dedo na extremidade de um pedaço de vidro quebrado na janela. Seu irmão ficou olhando com olhos trágicos e murmurou com gentileza:

— Nada. Nenhuma lembrança. Nenhuma risada.

Vincent virou com olhar questionador.

— O quê?

— Descanse um pouco. — O psiquiatra foi na direção da porta. — Vou mandar uns dois ajudantes buscá-lo.

— Mas eles não vão saber onde encontrá-lo.

— Ele não vai muito longe. — Então abriu a porta e emendou: — Não se preocupe.

O psiquiatra foi para o *hall*. E decidiu que era melhor procurar Cutshaw pessoalmente. Levaria Gilman junto para ver se o astronauta aceitava a mudança na história do recém-chegado. Se não aceitasse, o psiquiatra decidiu, precisaria correr o risco de confiar nele. E desceu a escada correndo.

Vincent Kane sentou-se na cama e olhou para o vidro quebrado da janela. Sua cabeça latejava. Alguma coisa estava estranha. Alguma coisa estava errada. O que estava errado? Ele tivera lapsos de sonambulismo antes. Não era o caso. Então o que era? Cutshaw. Cutshaw. Sua respiração se tornou mais curta e acelerada. Sentiu um peso em seu estômago, uma sensação difusa de culpa. Ele se levantou.

Precisava ir procurar Cutshaw pessoalmente.

ONZE

Cutshaw irrompera pela cidade de Bly e chegara a uma velha taverna de beira de estrada, a uns dez quilômetros. E lá parou. Ensopado, entrou e ocupou uma mesa apertada nos fundos. Em menos de meia hora estava bêbado. A seu redor, gargalhadas se misturavam com o hard rock que tocava em uma *jukebox*. Uma gangue de motociclistas tinha o controle da taverna, que a enchiam de gritos e murmuravam obscenidades, usavam jaquetas de couro pretas, com as palavras "A Gangue da Corrente" costuradas nas costas. Alguns estavam inclinados sobre o bar. Alguns dançavam, com cabelos desgrenhados e unhas sujas se movendo pela fumaça de cigarro na penumbra do salão coberto de painéis de madeira. Cutshaw não notou. Ele levou o copo aos lábios e engoliu o conteúdo, um dedo de uísque. Fez uma careta, tomou um gole de cerveja e olhou sem expressão para as cinco doses alinhadas na mesa de madeira rústica à sua frente. Ele levantou os olhos quando a garçonete, que era jovem, passou.

— Ei, espere! — Cutshaw estendeu o braço e pegou a mão dela; tateou uma aliança de casamento simples. — Que tal outro uísque? — perguntou, com a fala enrolada.

A garota sorriu, e seu rosto ganhou um novo brilho.

— Tem cinco bem aí diante do senhor — disse, com bom humor.

Soltando a mão, ela foi na direção do bar. Cutshaw olhou para a mesa, desconsolado.

— Eu queria *seis* — murmurou com desânimo.

Dois motoqueiros inclinados sobre o bar estavam lançando olhares intensos para o astronauta. Um virou sua cerveja e o encarou. Seu rosto estava coberto com uma barba por fazer e óculos de armação grande e lentes amarelas.

— É ele, Rob — disse ele. — Eu *sei* que é ele.

— Você está louco — respondeu o outro com a fala arrastada. Ele usava um colete de couro aberto sobre uma camiseta de manga curta que revelava seus enormes braços musculosos. Tinha uma beleza degenerada e cabelo louro e espesso, ondulado com pomada. A arrogância afetava seus olhos. Estampadas em sua camiseta estavam as palavras "Eu Amo Foder". Era o líder da gangue. — Você está vendo coisas, Jerry.

— Vai tomar no cu. Eu vi a foto dele nos jornais.

— Desde quando você lê jornal?

— Tá legal! Na TV!

A garçonete veio atender o balcão.

— Duas cervejas, dois *bourbons* com gelo — pediu a ela.

A garota olhou para os motoqueiros com nervosismo. A gangue não era local, e ela sentiu uma incômodo na presença deles.

— Olhe para ele! — disse Jerry. — Veja o rosto! É ele! O astronauta! O que ficou louco!

A garçonete virou a cabeça para olhar para Cutshaw.

— O que ele está fazendo em uma espelunca como esta? — indagou Rob.

— Como vou saber, porra? — respondeu Jerry. — Mas é ele. Eu juro! Tenho certeza!

— Ah, é? Aposta quanto?

— Uma cerveja.

— E um boquete da sua velha ou da minha.

Rob estava sorrindo.

Jerry esfregou o queixo enquanto olhava mais uma vez para Cutshaw. Então virou sua bebida e disse:

— Feito.

Os dois motoqueiros atravessaram a multidão até Cutshaw e pararam na mesa para olhar para ele. O astronauta estava levantando um copo de uísque quando os viu. Parou, observando um e depois o outro.

— Pois não?

— Qual é o seu nome, parceiro? — perguntou Rob.

— Rumpelstiltskin.

Rob arrancou o copo de uísque da mão de Cutshaw e olhou de canto de olho para Jerry.

— Engraçadinho — comentou.

Ignorando tudo, Cutshaw pegou outra dose.

De novo, o motoqueiro a arrancou dele, desta vez com força.

— Eu perguntei o seu nome. — Havia uma ameaça intensa em sua voz.

— Meu nome de solteiro ou de casado? — Cutshaw olhou para além dos dois motoqueiros e chamou: — Garçonete!

Jerry fez um movimento brusco, puxando uma dobra no cardigã de Cutshaw e revelando as iniciais "U.S.M.C." bordadas acima do bolso no peito da farda. O motoqueiro apontou triunfante.

— Está vendo? U.S.M.C.: são os fuzileiros!

— Não, não, não, meu caro rapaz — respondeu Cutshaw, com a fala arrastada. — É União do Sexo para as Massas Compulsivas.

Rob jogou o conteúdo de um copo de uísque no rosto de Cutshaw.

— Foi alguma coisa que eu disse? — perguntou o astronauta com calma, lambendo a boca para sentir o gosto do uísque.

A garçonete apareceu.

— Pois não? — perguntou a Cutshaw.

O rosto dela estava franzido, confusa sobre sua identidade. Notando que o rosto dele estava molhado, ela lançou um olhar apreensivo para os motoqueiros.

— Um uísque e duas escarradeiras, meu bem — pediu Cutshaw. — Encha as escarradeiras com sangue de lagarta. É para os nossos amigos aqui. Talvez eles…

Jerry agarrou Cutshaw pela camisa de brim, puxou-o para frente e lhe deu um tapa feroz no rosto.

— Ei, parem com isso! — gritou a garçonete.

— Você quer dizer isto? — perguntou Rob, com um sorriso afetado, e rapidamente colocando a mão embaixo do vestido dela e apertando suas nádegas.

A garota virou o corpo com um grito e afastou o braço dele. O motoqueiro a agarrou pelo pulso e pressionou seu corpo contra o dela. Gemendo com um erotismo exagerado e falso, ele pressionou a garçonete contra a divisória entre as mesas.

— *Muito* melhor. — Ele sorriu. — Posição é tudo.

A garçonete fez uma careta de dor e repulsa e empurrou o peito dele.

— Oh, meu Deus, fique longe de mim!

Cutshaw ficou de pé.

— Pare com isso! — disse, se movendo para ajudá-la. Jerry o empurrou, fazendo-o sentar de novo e, com isso, sua cabeça bateu contra a parede. — Jesus Cristo — gemeu. Estava zonzo.

— Vamos lá, querida — disse Rob com malícia. Uma coroa prateada brilhou de um de seus dentes enquanto ele ondulava para frente e para trás com força.

— Eu estou grávida! Fique longe de mim! — gritou a garçonete. — Pare de me apertar. Pare! Por favor! Você está me machucando!

Jerry arrancou a corrente do pescoço de Cutshaw. Ele a examinou rapidamente e então chamou Rob:

— Ei, é ele! É ele mesmo! Eu peguei a placa de identidade dele, Rob! É *ele*!

Rob olhou para Jerry, surpreso! E pegou a placa de identificação. A garçonete escapou.

— Você está brincando! — grunhiu Rob, examinando o nome. Em seguida, olhou para Cutshaw. O astronauta estava segurando a cabeça. — Não acredito!

Rob deu alguns passos na direção do *jukebox*. E tirou o aparelho da tomada. No silêncio súbito ouviram-se grunhidos e reclamações.

— Ei, todo mundo quieto! *Quietos!* — Rob subiu em uma cadeira. — Ei, adivinhem o que temos aqui! Uma maldita celebridade, gente! Um astronauta covarde e maluco! As reações da multidão foram diversas. Rob apontou para a mesa onde Jerry prendia Cutshaw em seu assento.

— Aquele lá é o capitão Billy Cutshaw, gangue!

As pessoas estavam incrédulas, animadas. Alguns motoqueiros aplaudiram. Um gritou:

— Grande merda!

Rob desceu e voltou para a mesa, onde ele e Jerry fizeram o astronauta levantar.

— Pois é, eu sei — murmurou Cutshaw, com os olhos semicerrados. — Resistir é inútil. Meus amigos confessaram.

— Quer se juntar ao clube? — Rob sorriu.

— Vá se foder.

O sorriso de Rob se transformou em uma expressão de desprezo. Ele não conseguia identificar o que odiava no astronauta; era algo que sentia como uma dor quando respirava. O motoqueiro deu outro tapa violento em Cutshaw com as costas da mão, e a cabeça dele voltou para o lugar.

— Tudo bem — murmurou Cutshaw. — *Não* vá se foder.

Rob o agarrou pela parte da frente da farda e o arrastou até o meio do salão, onde a maioria dos motoqueiros se reuniu à sua volta. Um dos casais continuou dançando, mesmo não havendo mais música.

Rob estalou os dedos para Jerry.

— Cerveja!

— Uma cerveja saindo — respondeu Jerry, indo até o bar para pegá-la. — Cerveja — pediu ao *bartender*, um homem na casa dos sessenta, que era o proprietário da taverna.

Ele encheu o caneco e, ao colocá-la sobre o balcão, olhou de relance para o telefone da parede do lado de fora dos banheiros. Jerry acompanhou os olhos dele e balançou a cabeça para o dono do bar

— Nada disso — alertou. — Não foda com a festa. — Então pegou o caneco e o levou até Rob.

Os motoqueiros estavam reunidos em um círculo, murmurando, rindo, disparando perguntas para Cutshaw.

— O que foi? Você perdeu a coragem?

— Ei, te dão o que pra comer no hospício?

— Cadê seu enfermeiro?

— Você tem maconha?

Cutshaw estava parado timidamente, com a cabeça baixa. Ele não respondeu.

Rob pegou a cerveja com Jerry. Fez um movimento circular com o caneco e anunciou em voz alta:

— Primeiro nós batizamos o covarde filho da puta!

Uma tensão terrível, um desprezo gratuito disfarçado de brincadeira, tomou conta da multidão como um *sheepdog* malévolo, tocando-os, encostando o focinho neles, fazendo-os se agrupar.

— Agora quero ouvir uma contagem! — gritou Rob. — Vamos lá! Dez! — começou.

Os motoqueiros se juntaram a ele, gritando, com seus olhos brilhando enquanto contavam.

— Um!

E, então, Rob acrescentou:

— Zero! — disse, despejando lentamente o conteúdo do caneco sobre a cabeça de Cutshaw.

O motoqueiro sorriu.

— Tudo bem aí, seu bosta?

* * *

KANE INCLINOU A CABEÇA PARA FRENTE, apertando os olhos para enxergar através da chuva torrencial que castigava o para-brisa do carro oficial. Ele já havia ido em Bly. Em cada espaço público que via motocicleta estacionada, ele parava, entrava e procurava Cutshaw. Num dado momento, ele achou que havia passado por outro carro oficial, mas não teve certeza. Naquele momento, estava seguindo a estrada que levava para o norte, depois da cidade. Não foi uma decisão consciente pegá-la; a ação foi intuitiva, automática. Uma luz de neon brilhou acima dele. Kane saiu da estrada, parou o carro e abriu a janela. Era uma taverna. Viu motos estacionadas. Eram motos *chopper*, de guidão alto. Todas menos uma. Kane saiu do carro e entrou.

Os motoqueiros estavam reunidos em um círculo. Cantavam "Fly Me to the Moon" em um ritmo lento de valsa e, no compasso da música, estavam passando Cutshaw de um lado para o outro no círculo, empurrando-o, rindo. Cutshaw parecia uma boneca de pano, sem oferecer resistência, sem prestar atenção, sem se importar.

Kane parou na entrada da taverna. Encarou os motoqueiros. Então viu Cutshaw de relance, antes que o astronauta tropeçasse a caísse no chão, sumindo de seu campo de visão.

— Levante, lunático!

— Está procurando pedras?

Em meio às risadas, Kane entrou no círculo de lado e logo ajoelhou ao lado de Cutshaw, que estava prostrado. Então passou a mão pelas costas do astronauta e o ajudou a levantar.

— Ei, vejam *esse* merda — disse um motoqueiro.

— Acho que encontramos outra bola de praia — disse outra, uma garota com voz nasalada.

Cutshaw encarou Kane. Havia um hematoma arroxeado em seu rosto e manchas de sangue em seus lábios de um dente quebrado na parte da frente.

— Conheci sua família — comentou ironicamente.

O comentário não fez sentido para Kane, que colocou o astronauta de pé e começou a levá-lo na direção da porta. Mas Rob os interceptou, agarrando e apertando o braço de Cutshaw.

— Ei, é a minha bola de praia, cara — disse a Kane. — Largue.

— Deixe ele ir embora, por favor — pediu Kane com calma.

— Solta minha bola de praia.

— Mostre a ele, Rob!

— Chamem a polícia!

— A PM: é a Patrulha de Merda, cara. Ele é o líder! — Kane virou a cabeça e olhou para Cutshaw. O astronauta o estava encarando com um sorriso fino e amargo no rosto. — Eis a sua bondade humana — desafiou com ironia. Mas sua voz estava falhando. E então desviou os olhos.

O líder olhou para Cutshaw com uma surpresa fingida. — Você falou alguma coisa? Hein? Você falou? — Então olhou para Jerry. — Meu Deus, Jer, acho que esta bola de praia aqui acabou de falar! Juro por Deus! — E deu um tapa no rosto de Cutshaw. — Você fala?

— Este homem está doente — disse Kane. — Por favor, nos deixe ir.

Rob viu a súplica nos olhos dele, ouviu a docilidade, o tremor na voz de Kane.

Uma das garotas pediu:

— Deixe eles irem.

Rob olhou para ela, uma loira com penteado maria-chiquinha, e aproximou seu rosto cheio de desprezo do de Kane. Em seguida disse:

— Não peça "por favor". Diga "Por favorzinho". Quero ter certeza de que você está falando sério. Agora vamos lá, diga.

Kane, não compreendendo sua própria relutância, engoliu em seco com dificuldade.

— Por... favorzinho — disse finalmente, e começou a andar com Cutshaw. Mas Rob continuou segurando o braço do astronauta e o puxou de volta.

— Aposto que ele chupa pau — arriscou um motoqueiro com um começo de barba na dobra entre a boca e o queixo.

De repente, o líder se sentiu inspirado.

— Diga "Todo fuzileiro chupa pau" — instruiu a Kane, com animação.

Houve risos e gritos na multidão.

— Deixe eles irem — repetiu a garota de maria-chiquinha. Ela estava olhando para Kane.

O líder sorriu para ela com arrogância. Era sua namorada.

— Relaxe aí, amor — avisou. E voltou sua atenção para Kane. — Vamos lá, vamos lá, vamos acabar com isso. Diga, e vocês podem ir. Agora como vai ser? Você vai dizer? Que mal tem? Aí você podem ir embora. E fez uma expressão de sinceridade zombeteira.

O corpo de Kane começou a tremer de leve. Ele se virou para Cutshaw. O olhar do astronauta estava fixo no chão. Não havia expressão em seu rosto. Ele estava ouvindo. Kane virou e encarou Rob com os olhos arregalados e brilhantes. Sua boca se abriu de leve.

— Vamos, lá, vamos lá... você vai dizer?

Kane tentou mover a língua, formar palavras. Não conseguiu. Fez um esforço enorme.

— Todo... Todo fuzileiro... chupa... pau.

Um murmúrio surgiu da multidão.

A garota de maria-chiquinha se afastou do grupo.

— Agora só mais uma coisa — disse o líder. — Eu juro, só mais isso, e vocês podem ir. Meu Deus, essa é fácil. De verdade. Diga apenas que você é uma bola de praia. Simples. Vá em frente. “Sou uma bola de praia.”

Os olhos de Kane não se desgrudaram do motoqueiro líder. Estavam mais arregalados, mais brilhantes. Sua língua estava mais pesada e mais seca quando pronunciou:

— Sou... uma bola de praia.

— Bem na hora! — gritou Rob. — Precisamos de uma nova!

Jerry colocou a perna atrás de Kane, e Rob empurrou seu peito. Kane se espatifou no chão. A gangue comemorou. A namorada de Rob ficou vendo do bar.

Kane levantou devagar, e a gangue começou a empurrá-lo pra frente e pra trás. Ele estava inerte, sem resistir. Continuou procurando Cutshaw com os olhos, mesmo depois que o astronauta desviou o olhar. Os gritos e as celebrações despertaram as dores de cabeça cortantes em seu crânio. Uma garota rechonchuda com uma verruga no queixo colocou o pé diante de Kane e o fez tropeçar. Ele caiu. O coronel ficou de joelhos e não se mexeu, os olhos fixos no chão, desorientado. O líder se aproximou com uma cerveja e despejou a maior parte do líquido sobre sua cabeça.

— Outro batismo, amigos. Glória ao Senhor.

— Glória ao Senhor! — celebraram. — Aleluia!

Jerry colocou a bota nas costas de Kane e o chutou para frente. O rosto de Kane bateu no chão. Rob se aproximou e despejou o resto da cerveja no piso diante dele. Seus lábios se abriram molhados e com uma expressão de desprezo.

— Porco maldito — disse. — Limpe essa bagunça.

Kane o encarou anestesiado. Jerry se aproximou e empurrou a cabeça dele até seu rosto quase tocar a poça espumante de cerveja no chão. Rob se apoiou em um joelho, ao lado de Kane.

— Agora é só lamber — ordenou. — Lamber tudo. — Os olhos de Rob estavam brilhando. Seu rosto estava radiante de animação.

— É só lamber, e eu deixo vocês irem. Desta vez eu falo sério.

Esquecido por um instante e confuso, Cutshaw cambaleou até o bar. Então deu meia-volta, com uma ansiedade repentina.

— Ei, parem com isso! — gritou. — O astronauta avançou, mas dois motoqueiros logo o imobilizaram.

— Comece a lamber!

Kane olhou para a cerveja. E tremeu quando uma escuridão tomou conta de sua corrente sanguínea, um segredo poderoso chamando seu nome, sussurrando, cada vez mais alto, afirmando, exigindo. Ela manteve a língua dentro de sua boca. Kane lutou. O nome. Que nome? E a suprimiu, com repulsa e medo. Kane abriu a boca, e sua língua saiu aos poucos, para depois fazer movimentos súbitos. Ele lambeu a cerveja.

Um suspiro de surpresa emergiu da multidão.

— Meu Deus — suspirou a garota com a verruga. — Ele lambeu!

Rob sorriu com desdém, olhando para baixo. Kane usou as mãos e os joelhos para levantar, e Jerry o derrubou de novo com um chute de sua bota com pregos. Ele fez uma careta.

— Isso é por desgraçar a maldita farda!

Cutshaw lutou para se soltar.

— Seus canalhas! — gritou. — Seus filhos da puta!

Rob foi até lá acertou os dois lados do rosto do astronauta com uma mão furiosa.

— Abaixem ele — instruiu o motoqueiro os homens que o prendiam pelos braços.

Cutshaw foi forçado a deitar de costas no chão, os dois o seguraram, e Rob montou nele, com a virilha próxima do seu rosto. Abriu a braguilha e pôs o pênis para fora. Com dois dedos, ele o moveu, fazendo-o tocar os lábios do astronauta.

— Certo, agora me faça voar para a lua, agora, amigo — disse Rob, com malícia. — De um jeito ou de outro você vai decolar!

Ele sorriu para o grupo de motoqueiros, que murmuravam e riam. Alguns chegaram mais perto, com empolgação no rosto. Cutshaw fez uma careta e virou a cabeça para o lado.

— Se ele fizer isso vou ficar famoso — comemorou Rob.

Então tirou uma faca *switchblade* da bota, e clicou para exibir a reluzente lâmina retrátil, colocando a ponta no pescoço do astronauta.

— Vamos, vamos, ou, juro por Deus, vou cortar você! Estou falando sério!

Kane se levantou usando as mãos e os joelhos de novo e olhou para Cutshaw e Rob. De início, a cena não foi registrada, depois seus olhos se afastaram, dois infernos particulares. Ele olhou para Jerry, que estava sobre ele com outra caneca cheia.

— Acho que este imbecil precisa de outra cerveja — comentou Jerry com a fala arrastada. Despejou a cerveja na cabeça de Kane. E sorriu para a multidão. Mas não viu o lábio que se curvou, a fúria.

Kane levantou o braço e agarrou os dedos de Jerry que seguravam a caneca. Jerry olhou em volta e, com um tom infantilizado de zombaria, comentou:

— Ahhh, acho que ele quer mais.

De repente, sua boca se abriu rapidamente com um pequeno suspiro de horror. Ele tentou gritar, mas não conseguiu, enquanto a mão de Kane espremia a sua com uma força impensável. Os olhos do motoqueiro estavam arregalados. Então finalmente veio o grito quando o caneco quebrou, e seus dedos foram esmagados nos cacos de vidro. O grito se tornou uma expiração sem palavras, e ele caiu no chão inconsciente. O salão ficou paralisado.

— Jesus Cristo! — murmurou alguém.

Rob levantou, segurando o canivete ao lado do corpo, e encarou Kane, que estava agachado. Por um instante, ele ficou temeroso, indeciso. Então a ordem racional do universo se impôs: um defeito no caneco de cerveja, um acaso. Ele enfiou o canivete em uma coluna de madeira próxima, enfiou a mão no bolso, sacou e equipou-se com dois socos ingleses. Com as mãos na lateral do corpo, palma para cima, confiantes, sorridentes, prometendo castigar. Ele caminhou com empáfia até Kane. O punho do coronel voou sobre seu estômago com a força de uma máquina e, quando Rob dobrou o corpo, o joelho de Kane acertou e quebrou seu maxilar, fazendo barulho. A garota de maria-chiquinha soltou um grito aterrorizado e histérico. Então o caos se instalou. A garota com a verruga tirou o canivete da coluna de madeira, e um motoqueiro avançou sobre Kane com uma corrente de pneu. Kane desviou abaixando o corpo, agarrou o homem com a corrente e, em uma imobilização de jiu-jítsu, aplicou tração e quebrou o braço do homem com um aperto. Em seguida, virou quando a garota se aproximou com o canivete. Kane quebrou o pulso dela com um golpe poderoso e depois levantou os punhos fechados acima da cabeça; quando ela abaixou para segurar o pulso inerte, ele a golpeou com os punhos, fraturando o crânio da garota.

Os outros motoqueiros avançaram na direção de Kane.

DOZE

Groper estava andando de um lado para o outro. Hudson Kane olhava pela janela. Os dois estavam de olho no escritório do auxiliar desde que o psiquiatra tinha voltado de Bly sem encontrar Cutshaw. Era 01h23 da manhã. O telefone tocou. Kane atendeu e Groper parou de andar de repente e foi até a janela: os faróis de um carro brilhavam no portão da guarda.

— Alguém está chegando — anunciou Groper, e foi destrancar a porta de entrada da mansão. O psiquiatra o acompanhou com os olhos enquanto falava com o guarda por telefone. Seu rosto se tornou sombrio. Ele ouviu. Pareceu chocado.

Lá fora, o carro oficial parou na entrada da mansão. Cutshaw surgiu do lado do motorista, abriu a porta para Kane e anunciou com a voz tranquila:

— Estamos aqui, senhor.

Kane olhava para frente pelo para-brisa. E não se mexeu. Cutshaw colocou a cabeça para dentro do carro e, por um instante, olhou para o corte embaixo da maçã do rosto do coronel. Depois olhou nos olhos dele, que estavam fixos em uma dor infinita e distante.

— Estamos aqui, senhor — repetiu.

Kane virou a cabeça e olhou para Cutshaw, anestesiado, sem enxergar. Então desceu do carro devagar e rígido e caminhou até a mansão. Groper, que segurava a porta aberta, olhou para o uniforme de Kane. Estava rasgado e coberto de manchas.

— Estou vendo que você o encontrou, senhor — comentou o auxiliar no que esperava ser um tom normal.

Kane passou por Groper sem falar nada, sem notar seu irmão parado na porta da clínica. E subiu as escadas como um homem em transe. O psiquiatra viu Cutshaw parado a seu lado, observando Kane subir os degraus e entrar em seu quarto, fechando a porta. O astronauta deu meia-volta e olhou nos olhos destruídos do psiquiatra.

— Está na hora de você entender algumas coisas — disse Hudson Kane. — Entre.

Ele fez um movimento com a cabeça indicando a clínica e deu um passo para trás para que Cutshaw entrasse. Entrou em seguida, fechou a porta e contou tudo.

Cutshaw ficou estático. Um peso recaiu sobre seu coração com a intensidade da perda de uma graça divina.

— Você pode ajudá-lo — disse o psiquiatra.

Cutshaw assentiu. Não havia nenhuma cor em seu rosto. Ele saiu da clínica, desceu a escada e bateu na porta do quarto de Kane. Não houve resposta. O astronauta bateu de novo. E pensou ter ouvido uma voz lá dentro. Algo indistinto. Ele girou a maçaneta e entrou. Kane estava sentado em uma cadeira perto de uma janela aberta, com um cobertor cáqui cobrindo seu peito. Estava olhando para o nada. Cutshaw fechou a porta discretamente. Kane não se moveu. Cutshaw chamou:

— Coronel?

Não houve resposta. O astronauta se aproximou.

— Coronel Kane, senhor?

— Eu gostaria de um chocolate quente agora — disse Kane. — Mais uma vez, ele ficou em silêncio por um tempo. Cutshaw esperou, perturbado. Então Kane continuou: — Estou com frio.

Cutshaw foi até a janela e a fechou. Havia um pedaço de papelão preso com fita adesiva sobre o vidro quebrado. Ele olhou para fora. A chuva tinha parado finalmente, e as estrelas brilhavam.

— Onde está Gilman? — ouviu Kane perguntar.

O astronauta se virou. Kane o olhava com uma expressão confusa no rosto. — Está lá embaixo, senhor.

— Ele está bem?

— Sim, senhor. Ele está bem.

Cutshaw ficou com os olhos marejados. E virou o rosto para a janela.

— Cutshaw.

— Sim, senhor.

— Por que você não quer ir para a lua?

— Porque tenho medo — respondeu Cutshaw, apenas.

— Medo?

— Isso mesmo, senhor. — O astronauta estava lutando para conter o tremor na voz. E olhou para o céu. — Está vendo as estrelas? Tão frias. Tão distantes. E tão, tão solitárias... tão solitárias. Todo esse espaço, apenas espaço vazio e tão... longe de casa. — Lágrimas escorriam por seu rosto. Ele continuou com a voz rouca. — Dei muitas voltas ao redor desta casa, uma órbita depois da outra. E, às vezes, eu me pergunto como seria nunca parar; somente dar voltas sozinho lá em cima... para sempre.

A luz das estrelas se refletiu contra a umidade dos olhos de Cutshaw enquanto palavras súbitas vinham de sua alma.

— Então, e se eu chegasse lá, chegasse até a lua, e não conseguisse voltar? Sei que todo mundo morre, mas tenho medo de morrer sozinho... tão longe de casa. E se Deus não estiver vivo, isso é estar sozinho *de verdade*.

Soou uma sirene policial. Cutshaw olhou pela janela e viu a luz vermelha na estrada. O carro parou no portão da guarda, como um farol afastando a esperança.

— Não... Não resta muito tempo — disse Kane. Sua voz soou ansiosa, difícil. — Tempo. Não há muito tempo. Mas vou mostrar... Deus... existe.

— Sim, tudo bem, senhor.

A viatura estava se aproximando da mansão.

— E os outros — disse Kane com olhos brilhantes. — Talvez ajude. Tentar curar... Tentar curá-los. Não sei. Não tem outro jeito agora. Tempo. Não há mais tempo. Precisava tentar... tentar... tratamento de choque.

Cutshaw não se mexeu. Então, devagar, virou-se para encontrar o olhar silencioso e penetrante. E perguntou:

— O que foi isso, senhor?

— Cansado. — Kane encostou a cabeça no braço da cadeira. — Cansado — repetiu. Então ele fechou os olhos e, em uma voz delicada e sonolenta, murmurou: — Um... exemplo. — E não disse mais nada. Cutshaw continuou encarando-o.

— O quê, senhor?

Kane se manteve em silêncio. O astronauta o observou por um tempo, depois foi até a cadeira. Kane parecia dormir.

Cutshaw notou um brilho em seu pescoço. Quando se inclinou para examinar mais de perto, conteve um soluço. Kane estava usando sua medalha.

O astronauta saiu correndo do quarto, com medo de acordar Kane com seu choro. Assim que ele saiu, uma faca deslizou de baixo das dobras do cobertor cáqui e caiu sobre um pedaço coberto de sangue embaixo da cadeira. Sangue vermelho escuro continuou pingando de um canto do cobertor.

Cutshaw andou até o patamar da escada. E olhou para baixo. Alguns internos haviam acordado. Saíram do dormitório e foram até o *hall*, onde estavam murmurando, reunidos, vestindo roupões e pijamas. Dois policiais rodoviários entraram e ficaram parados conversando com Groper. O auxiliar estava com uma expressão sombria e balançou a cabeça. Em seguida, com relutância, levou os dois até a clínica. Cutshaw ficou olhando a porta se fechar. Sentou-se onde estava. Alguma coisa estava errada. O que era? Havia algo. Olhou para a porta do quarto de Kane, com o cenho franzido. Quando se virou, olhou para os próprios pés e, por um instante, não conseguiu registrar a substância em seu sapato. Então estendeu o dedo e a tocou. De repente, ficou horrorizado: era sangue.

— Oh, meu Deus!

Levantou-se de um salto e voltou correndo para o quarto de Kane.

* * *

Groper, Christian, Krebs e Hudson Kane estavam de pé, juntos na clínica, de frente para os guardas.

— Onde ele está? — perguntou o guarda mais alto.

— Não posso deixar vocês o levarem — disse Kane com cuidado. — Sinto muito.

— Vamos lá, coronel.

— Vocês mesmo admitiram que ele foi provocado.

— Isso mesmo, mas...

— *Não*, maldição! *Ele fica!*

O guarda estava aflito.

— Veja, vamos levá-lo, senhor. Sinto muito. Mas vamos. E se você não apresentá-lo, vamos procurá-los nós mesmos. — O policial olhou para o parceiro e disse: — Venha. Vamos, Frank. — Juntos, os dois foram em direção à saída.

O psiquiatra encostou as costas na porta.

— Escutem, pensem nas chances — disse, friamente. — Todos os homens nesta sala são especialistas em caratê.

Por um instante fugaz, Krebs pareceu surpreso.

— Vão em frente — desafiou Hudson Kane os guardas. — Tentem levá-lo. E estas serão as manchetes de amanhã cedo: "Guardas Rodoviários Atiram em Oficiais Fuzileiros!" E, um aviso, rapazes: é melhor atirarem para matar!

Por um momento, os guardas pareceram indecisos. O mais alto avançou na direção de Kane, parou de repente, olhou para o parceiro e foi até o telefone sobre a mesa com uma expressão sutil e inarticulada de desgosto. Irritado, tirou o fone do gancho, olhou feio para Kane e rosnou:

— Posso usar seu telefone?

— Claro, vá em frente.

O policial rodoviário mudou de ideia. E desligou. — Podemos falar com o outro? — perguntou.

— Está falando de Cutshaw?

— Isso. Só nos deixe falar com ele.

— Vocês prometem não aprontar nada?

— Prometemos, senhor, nada — respondeu o guarda, com uma expressão sombria. — Não dá para aprontar nada com um homicídio quádruplo.

* * *

QUANDO O GRUPO SAIU DA CLÍNICA, os internos curiosos se juntaram ao redor deles.

— Que diabos está acontecendo? — quis saber Bennish.

— Por que os policiais estão aqui? — perguntou Fairbanks.

— É por causa do Fell — comentou Reno, em tom de astúcia. — Quinhentas multas por estacionar em local proibido.

— Não tem nada de errado — informou o psiquiatra. — Nada. Foi um erro. Agora, onde está Cutshaw? — perguntou. — Alguém o viu? — Ninguém. — Krebs, procure no dormitório — ordenou. — E, Christian, vá ver se ele está com...

— Meu Deus! — exclamou Groper.

Estava olhando por sobre o ombro do psiquiatra. Hudson Kane virou para ver e a rapidez da perda o deixou sem fôlego. Cutshaw estava saindo do quarto carregando Vincent Kane nos braços. Lágrimas silenciosas escorriam por seu rosto. Ele parou na balaustrada.

— Ele está morto — disse o astronauta, chorando. — Ele se matou. — Seus olhos marejados olharam para baixo, e ele envolveu o rosto do homem em seus braços. Cutshaw balançou a cabeça. — Ele desistiu da vida.

TREZE

Os pinheiros e os abetos que cercavam a mansão revelaram com um lampejo as asas dos pássaros que refletiram os raios do pôr do sol de abril. Um carro oficial da Marinha entrou no pátio deserto e parou diante da casa. Um cabo surgiu de repente do banco do motorista e abriu a porta do passageiro. Cutshaw saiu do carro. Estava usando a farda azul dos fuzileiros e a insígnia de major. Fazia quase três anos desde a morte de Kane.

Cutshaw respirou fundo e olhou em volta. O ar estava doce. Quando olhou para o pátio, a ternura tomou conta de seu rosto, e lembranças o invadiram, vozes sussurrando, ecoando, sumindo. Por um instante, ele fechou os olhos.

— O mestre mandou... O mestre mandou...

O cabo ficou observando, surpreso, confuso, enquanto Cutshaw balançou a cabeça, com um sorrisinho triste. Então abriu os olhos e, com gentileza, deu uma ordem para o homem:

— Espere aqui.

Cutshaw foi até a entrada da mansão. A porta estava fechada. O cabo ficou observando enquanto ele olhava em volta e tentava as janelas. Uma delas estava aberta, e Cutshaw entrou, sumindo de vista.

Em menos de um mês depois da morte de Kane, o centro foi desativado. Doze dos internos foram transferidos para outros hospitais e outras clínicas quando o Projeto Freud foi declarado desativado, mas, de repente, os remanescentes do Centro Dezoito pareciam ter sido restaurados a uma relativa normalidade. Quer tenham simplesmente abandonado o fingimento, quer, de fato, tenham recuperado a saúde mental com o choque da morte de Kane, ninguém se deu ao trabalho de especular, nem mesmo Hudson Kane, que suspeitava que a teoria de Hamlet sobre a doença deles provavelmente estivesse certa. Com uma exceção — Cutshaw — o psiquiatra escreveu relatórios atestando cada um dos homens que voltaram a si como "irremediavelmente incapacitados para serviço militar futuro" e recomendando sua despensa "com honras". Ele não mandaria esses homens de volta ao combate. Por Vincent.

* * *

CUTSHAW OLHOU AO REDOR DO *HALL* principal vazio. Ele não havia sido restaurado. Buracos grandes ainda adornavam o gesso das paredes e do teto, exatamente como Gomez os deixara. Um sorriso caloroso e triste surgiu no rosto de Cutshaw. Quando olhou para a escadaria curva que levava ao andar superior, seus olhos se encheram de melancolia e seriedade. Por muitos momentos, ele não se mexeu. Então foi até a escada e subiu os degraus lentamente até o andar superior. No topo da escada, ele hesitou, continuou até a porta do quarto de Kane e parou. Tirou o quepe e, por um tempo, ficou em silêncio parado diante da porta, de cabeça baixa. De repente, um impulso o fez bater na porta. E foi o que fez, com muito cuidado e gentileza, quatro vezes. Em seguida, entrou no quarto. Ficou ali parado, na entrada, por mais um instante, lembrando, sentindo, sorvendo. Seu olhar capturou a janela, e Cutshaw foi até onde a cadeira estivera.

O astronauta olhou para baixo, procurando a mancha da poça de sangue que havia escorrido da ferida grande e profunda no estômago de Kane. Mas não viu nada ali. Uma morte coberta com cera para piso e polimento.

Cutshaw procurou e sacou de seu bolso um envelope amassado. Seu nome estava escrito na parte da frente. Groper o encontrara sobre uma escrivaninha no quarto, na manhã do dia seguinte à morte de Kane. O astronauta tirou a carta do coronel de dentro do envelope. A desdobrou com cuidado. Fora escrita em uma folha de caderno; as linhas azul-claras estavam desbotadas. O astronauta ficou maravilhado mais uma vez com a firmeza da mão que produziu a caligrafia firme e bela, a escrita graciosa que tinha o floreio de um convite de casamento.

"Para o capitão Cutshaw", a carta começava. "Pensei bastante sobre um de seus problemas, aquele no qual você questionava por que Deus não dá fim à confusão sincera do homem quanto ao que Ele espera que seja feito, simplesmente aparecendo e se pronunciando de modo inequívoco. E se um homem usando vestes brilhantes aparecesse amanhã pairando no ar sobre uma cidade grande e declarasse para todos que fora enviado por Deus e, como prova de sua afirmação, realizasse qualquer milagre que lhe fosse solicitado? E imagine que fosse pedido a ele que fizesse o sol desenhar a forma do oito no céu por precisamente 26 minutos, começando ao meio-dia do dia seguinte. E imagine que ele fizesse exatamente isso. Acreditaríamos nele? Bem, acho que por um tempo todos acreditariam, todos os que tivessem visto o que ele fizera. Mas, depois de mais ou menos uma semana, temo que só aqueles de boa vontade continuariam a acreditar. Todos os outros falariam em autossugestão, histeria coletiva, hipnose coletiva, coincidência, forças desconhecidas e coisas assim. Não é o que vemos no céu que ajuda, é o que está no coração: uma esperança, uma boa vontade. Espero que isso ajude você." A carta continuava com um tom corriqueiro: "Estou dando fim à minha vida na esperança de que minha morte proporcione um choque de valor curativo. Em todo caso, agora você tem um exemplo. Se eu o machuquei em algum momento, peço desculpas. Sempre tive afeto por você. Sei que algum dia vou vê-lo de novo."

Ele assinara como "Vincent Kane".

Cutshaw olhou pela janela. Um brilho castanho-avermelhado ateara fogo ao céu e banhara as árvores com uma gloria tremulante. Cutshaw ficou olhando maravilhado e reverente.

Cutshaw estava voltando para a entrada da mansão quando seus olhos flagraram a entrada do antigo escritório de Kane. Por um instante, ele hesitou; em seguida, entrou, colocou a mão na maçaneta e escancarou a porta com tanta força que ela bateu contra a parede e balançou o gesso do teto. Parou onde a mesa ficava e disse em voz baixa:

— Posso ir?

O cabo estava encostado no carro quando ouviu a pancada vinda de dentro da mansão e ficou alerta. Cutshaw atravessou pela porta e a fechou. Foi até ao carro e virou para uma última olhada. O cabo seguiu seu olhar.

— Ouvi histórias sobre esse lugar, senhor — comentou. — Um psiquiatra melhor que a encomenda... um assassino.

Cutshaw olhou o homem nos olhos e disse:

— Ele era um cordeiro.

O astronauta entrou no carro. Quando passaram pelo velho portão da guarda, o cabo pigarreou.

— Se o senhor não se importa em falar disso... — começou a falar. — Acho que todo mundo deve lhe perguntar isso...

Cutshaw o encarou pelo retrovisor.

— O quê? — perguntou com calma.

— Bem, como é, de fato, estar lá na lua, senhor? Quero dizer... qual é a sensação?

Por um instante, Cutshaw não respondeu. Em seguida, olhou pela janela e sorriu.

— Depende de quem está com você — respondeu. Então ele suspirou, tirou o quepe, recostou a cabeça no assento e fechou os olhos. Em pouco tempo, estava dormindo.

* * *

FAIRBANKS VOLTOU A MORAR COM OS PAIS EM PLAINVILLE, no Kansas, onde ajudava no armazém e então assumiu os negócios quando o pai morreu, muitos meses depois. Ele se estabeleceu pacificamente, cuidando da mãe viúva e das duas irmãs mais novas, com dez e 13 anos. Costumava sentar-se na varanda e ler notícias sobre o Vietnã.

Reno, cuja família era muito abastada, voltou para Nova York e tentou uma carreira de ator sem sucesso. Então, começou praticar "patinação artística séria" todo dia, no ringue do Central Park. Enquanto patinava um dia, conheceu uma jovem enfermeira que trabalhava na ala de câncer do Fordham Hospital.

— Isto é como *O retrato de Jennie* — disse a ela. — Não cresça ou estamos perdidos. — Ela riu, os dois namoraram e, depois de um breve cortejo, se casaram. Os pais de Reno foram fortemente contra: a garota, Maria, era porto-riquenha, uma cria da periferia. Reno estava trabalhando em uma peça, e o casal vivia do salário dela. Os pais dele não ajudavam. No fim das contas, Maria gastava boa parte de seu pagamento em presentes para os pacientes da ala: todos eles eram crianças que não tinham pais. Reno achava isso maravilhoso. Um dia, a mãe dele viu Reno e Maria na calçada procurando guimbas, que abriam para enrolar seus próprios cigarros. Ela havia acabado de sair da Bergdorf Goodman e fingiu não vê-los. Depois disso, os pais começaram a ajudar.

Fromme apenas vagou sem rumo por um tempo, dormindo até tarde enquanto a esposa, uma caixa de cassino em Las Vegas, era a única fonte de sustento, exceto sua aposentadoria por invalidez. À noite, ele acordava com um grito, sem conseguir lembrar o que o assustara nos sonhos. A esposa se divorciou dele e se casou com um vendedor de ar-condicionado. Fromme começou a trabalhar como crupiê de um dos maiores cassinos da cidade. Ele era muito criticado por ser simpático demais com os jogadores.

Um ano depois da dispensa, tanto Nammack quanto Gomez tentaram se realistar, mas foram rejeitados. Agora Nammack trabalhava em um bar na ilha de Maui, no Havaí. Gomez tinha voltado para a vida de civil e descobriu que sua noiva havia se casado. À noite da rejeição do realistamento, Gomez ficou profundamente bêbado e violento, e atirou no marido da ex-namorada na entrada da casa deles com sua ponto 45 de serviço. Agora aguardava seu julgamento.

Bennish era diretor de relações públicas de uma universidade de Los Angeles e levava uma vida tranquila em San Fernando Valley com a esposa e o filho, que era muito precoce.

Krebs voltou para a equipe de neurologia do Sepulveda Veterans Hospital, onde trabalhou por muitos anos até ser transferido para o centro. Christian se casou e deixou o serviço militar. Groper pediu para ser enviado à guerra. E conseguiu. Em 10 de novembro de 1969, foi morto em combate. Ele deliberadamente se jogou na frente de uma granada sem pino para impedi-la de matar dois soldados jovens que estavam parados ali perto em estado de choque. Recebeu uma Medalha de Honra ao Mérito do Congresso, entregue à sua mãe, em Pulaski, Nova York. Ela guardou a medalha em uma caixa com as cartas de Groper.

Publisher
Kaíke Nanne

Editora executiva
Carolina Chagas

Editora de aquisição
Renata Sturm

Coordenação de produção
Thalita Aragão Ramalho

Produção editorial
Jaciara Lima

Copidesque
Rafael Surgek

Revisão
Daniel Borges
Daniel Pinton Schilklaper

Diagramação
Filigrana

Capa
Maquinaria Studio

Este livro foi impresso no Rio de Janeiro, em 2015,
pela Edigráfica, para a HarperCollins Brasil.
A fonte usada no miolo é IowanOldSt BT, corpo 12/17.
O papel do miolo é avena 80g/m², e o da capa é cartão 250g/m².